반짝반짝 빛나는

きらきらひかる

반짝반짝 빛나는

펴 낸 날 | 2001년 12월 26일 초판 1쇄
2025년 12월 26일 개정판 1쇄

지 은 이 | 에쿠니 가오리
옮 긴 이 | 김난주
펴 낸 이 | 이태권

편　집 | 정지원, 박정호
디자인 | 김혜수

펴 낸 곳 | 소담출판사
서울특별시 성북구 성북로5길 12 소담빌딩 301호 (우) 02880
전화 | 02-745-8566　　팩스 | 02-747-3238
등록번호 | 1979년 11월 14일 제2-42호
e - mail | sodambooks@naver.com
홈페이지 | www.dreamsodam.co.kr

ISBN 979-11-6027-494-3 (03830)

- 책값은 뒤표지에 있습니다.
- 잘못된 책은 구입하신 곳에서 교환해드립니다.

반짝반짝 빛나는

에쿠니 가오리 지음
김난주 옮김

★ 일러두기

- 작중 등장인물의 이름은 초판의 정서를 살리기 위해 그대로 두었습니다.
- 본문 속 각주는 옮긴이와 편집자의 주석입니다.

작가의 말 —

평소 열심히 주의하는데도, 그런데도 어쩌다 사람을 좋아하게 되는 일이 있습니다.

아주 기본적인 연애 소설을 쓰고자 생각했습니다. 누군가를 좋아하게 된다는 것, 그 사람을 느낀다는 것. 인간은 누구나 천애 고독하다고 생각합니다.

반짝반짝 빛나는, 이란 제목은 이리사와 야스오 씨의 시에서 빌려왔습니다. 이런 시입니다.

반짝반짝 빛나는

반짝반짝 빛나는 지갑을 꺼내서 반
짝반짝 빛나는 물고기를 샀다 반짝
반짝 빛나는 여자도 샀다 반짝반
짝 빛나는 물고기를 사서 반짝반짝

빛나는 냄비에 넣었다 반짝반짝 빛
나는 여자가 손에 든 반짝반짝 빛나
는 냄비 속의 물고기 반짝반짝 빛나는
거스름 동전 반짝반짝 빛나는 여
자와 둘이서 반짝반짝 빛나는 물고
기를 가지고 반짝반짝 빛나는 동전
을 가지고 반짝반짝 빛나는 밤길을
돌아간다 별이 반짝반짝 빛나는 밤하늘
이었다 반짝반짝 빛나는 눈물을 흘리
며 반짝반짝 빛나는 여자는 울었다

각 장의 타이틀 중에 〈잠자는 자와 지켜보는 자〉 및 〈별을 뿌리는 사람〉은 그림에서 무단 차용했습니다. 후자는 어떤 화가인지 깜박 잊었지만, 전자는 시메온 솔로몬의 그림으로,

원제는 〈THE SLEEPERS AND ONE THAT WATCHETH〉라고 하는데, 세 사람의 남녀가 서로 뺨을 맞대고 있는 신기하고 아름다운 그림입니다. 시메온 솔로몬은 동성애자라는 의심을 사 화단에서 쫓겨난 19세기 사람입니다.

솔직하게 말하면, 사랑을 하거나 서로를 믿는다는 것은 무모한 일이라고 생각합니다. 아무리 생각해도 만용입니다.

그런데도 그런 것을 하고 마는 많은 무모한 사람들에게 이 책이 읽힐 수 있다면 영광이겠습니다.

에쿠니 가오리

The Sleepers and One that Watcheth (1867), by Simeon Solomon

1 물을 안다

무츠키는 잠들기 전에 별을 바라보는 습관이 있다. 양쪽 다 시력이 1.5인 것은 그 습관 덕분이라고 그는 굳게 믿고 있다. 나도 따라서 베란다에 나가기는 하지만 별을 바라보기 위해서는 아니다. 별을 바라보는 무츠키의 옆얼굴을 보기 위해서다. 무츠키는 짧은 속눈썹이 가지런하고 얼굴이 예쁘장하다.

무슨 생각을 하는데, 라고 무츠키가 물었다.

"인생에 대해서."

엉뚱한 대답을 했는데, 무츠키는 진지한 표정으로 고개를 끄덕인다. 아이리시 위스키를 마시면서 이렇게 남편과 밤바람을 쐴 때 나는 아주 행복하다.

하지만 금방 추워진다.

난방을 틀어놓은 실내로 허둥지둥 들어오자, 보라 아저씨와 눈이 마주쳤다. 물감으로 그려진 아저씨는 수염을 텁수룩하게 기르고 있다. 그림 앞에 서서 나는 노래를 부른다. 아저씨는 내 노래 듣기를 좋아한다.

〈비 내리는 달님〉을 2절까지 부르고서 침실로 들어가, 우선 콘센트를 꼽는다. 코드는 검정과 하양 얼룩무늬다. 때를 가늠해서 이불과 침대 커버를 걷어 내고 시트가 따뜻해질 때까지 구석구석 다리미질을 한다. 빨래에 다리미질을 할 때처럼 콧노래를 부르지는 않는다. 재빨리 해야 한다. 정신을 집중해서 진지하게 한다. 이건 무츠키가 나에게 요구한 유일한 집안일이다.

다림질이 다 된 침대에 얼른 이불로 뚜껑을 닫고, 나는 콘센트를 뽑는다.

"자, 다 됐어."

우리는 열흘 전에 결혼했다. 그러나 우리의 결혼에 대해 설명하기란 아주 복잡하다.

"고마워."

무츠키는 여느 때처럼 미소 띤 얼굴로 그렇게 말하고, 따뜻한 침대 안으로 파고들어 갔다.

아르바이트 수준이지만, 나는 이탈리아어를 번역하는 일을 하고 있다. 지난 일주일 동안 질질 끌어온 인터뷰 기사를 오늘이야말로 끝내지 않으면 안 되어서, 나는 불을 끄고 침실 문을 닫고, 책상 앞에 앉아 잔에 위스키를 쫄쫄 따랐다. 이 끈적하고 깊은 금색을 보면 나는 그만 황홀해지고 만다.

알코올 중독? 괜한 걱정입니다. 의사는 그렇게 말하며 웃었다. 간장도 위장도 건강합니다. 그래 봐야 하루에 두세 잔 아니겠어요? 하지만 끊을 수가 없다고 했더니, 생각하기 나름입니다, 라며 내 어깨를 툭툭 쳤다. 예수님도 말했잖습니까, 건강을 위해서 와인을 조금 마시라고. 비타민제를 드리죠. 괜히 신경 곤두세우고 그럴 필요 없습니다.

괜히 신경 곤두세우고 그럴 필요 없습니다. 나는 의사의 말을 흉내 내어 보았다.

시선이 느껴져 돌아보니, 유카 엘레판티페스가 내 쪽을 빤히 쳐다보고 있었다. 청년의 나무라 기묘한 별명을 갖고 있는 이 나무 화분은 곤에게 받은 결혼 선물이다. 큼지막하고 뾰족하고 곧바른 잎사귀가 무성하게 달려 있어 어딘가 모르게 도전적인 느낌이다.

나는 곤의 나무를 쏘아보다, 위스키를 꿀꺽 삼켰다.

눈을 뜨자, 무츠키는 벌써 부엌에 있었다.

"잘 잤어? 계란프라이, 먹을래?"

나는 고개를 저었다.

"오렌지는?"

"먹을 거야."

샤워를 하고 돌아오자, 무츠키는 이미 설거지를 끝낸 상태였다. 빗 모양으로 잘린 오렌지가 새콤한 즙을 흘리며 유리 접시 가득 담겨 있었다.

내가 오렌지를 먹는 동안, 무츠키는 방의 온도가 일정해지도록 에어컨을 조절하고 하루의 배경음악을 골라 준다.

나는 컵에 물을 담아 청년의 나무에 주었다. 블라인드 사이로 새어드는 아침 햇살이 카펫 위에 밝은 줄무늬를 그리고, 물은 사락사락 맛있는 소리를 내며 흙으로 빨려 들어간다. 곤 얘기 해 보라고 떼를 부렸더니, 무츠키는 돌아와서, 라고 말했다.

무츠키는 의사고, 매일 아침 9시 10분이면 정확하게 차를 타고 출근한다. 남편을 배웅한 후 나는 신문을 죽 훑어보고, 어젯밤 결국 끝내지 못한 인터뷰 기사를 마저 번역했다. 밀라노에 사는 패션 디자이너의, '나는 아름다운 것만 사랑한다'느니 어쩌니 하는 코멘트를 번역하다 진저리를 치고 있는데, 전화벨이 울렸다. 엄마가 매일 전화를 거는 것이다.

"별일 없냐?"

엄마의 목소리가 걱정스럽기 짝이 없다는 투라 나는 짜증스러워, 무슨 별일, 하고 퉁명스럽게 대꾸했다. 침실 서랍장 제일 위 서랍에 비디오의 사용 설명서와 결혼반지 보증서, 아파트 임대 계약서 따위와 함께 두 통의 진단서가 들어 있다. 엄마의 목소리는 그 두 통의 진단서를 떠오르게 한다. 하기야 엄마는 한 통밖에 모른다. 나의 정신병이 정상적인 범위를 벗어나지 않는다는 모순된 일본어로 쓰인 진단서다. 정신병이란 매우 넓은 뜻의 말이라서 말이죠, 라고 그 얼간이 같은 의사는 말했다. 정신병이 아니라고 단언할 수는 없어요. 하지만 괜찮습니다, 다소 정서가 불안정한 정도니까요. 알코올도 그 탓이겠죠. 결혼이라도 하면 나아질 겁니다. 결혼이라도 하면. 그 따위의 무책임한 조언 덕분에 나는 일곱 번이나 선을 봐야 했다.

"왜 그러냐, 기분이 별로 좋은 것 같지 않구나."

"아무것도 아니야. 일하는 중이라서 그래."

나는 전화기를 든 채 부엌으로 가서, 냉장고에서 복숭아 통조림을 꺼내 한 손으로 뚜껑을 연다.

"일도 좋지만, 집안일도 잘 챙겨야지."

라고 엄마는 말했다. 술도 좀 삼가고. 며칠 있다 아버지랑 놀러 가마. 새서방한테도 안부 전하고. 나는 전화를 끊고 빈 캔을 쓰레기통에 던져 넣는다.

무츠키가 의사라는 것을 알았을 때, 엄마는 매우 기뻐했다. 지위나 수입, 그런 관점에서가 아니다.

"의사라면 안심할 수 있잖니."

무츠키의 사진을 찬찬히 들여다보면서 엄마는 정말로 그렇게 말했다. (몇 번째 데이트 때, 그런 말을 하자 무츠키는 호쾌하게 웃었다. 하하하. 끼리끼리 만난다더니.)

엄마의 전화는 이래서 싫다. 우울한 일만 생각하게 된다. 무츠키는 여자를 안고 싶어 하지 않는다. 키스도 해 주지 않는다. 그러니까 이런 거다. 알코올 중독에 걸린 아내와 게이 남편. 참, 그야말로 끼리끼리다.

무슨 얘기를 해 줄까, 하고 무츠키가 물었다. 곤이랑 같이 본 영화 얘기? 곤이랑 바다에 갔던 얘기? 베란다는 춥고, 나는 별의 왕자님의 망토처럼 이불을 덮어쓰고 위스키를 마시고 있었다.

"곤이랑 산에 갔던 얘기."

산에는 간 적 없어, 라며 무츠키는 웃었다.

"그럼, 곤이 고양이랑 싸운 얘기."

"그 얘긴, 얼마 전에 했잖아."

또 해 달라고 말하고 나는 박수 대신 잔을 흔들어 카랑카랑 얼음 소리를 내었다. 무츠키는 생수를 천천히 마시면서 얘기하기 시작한다.

곤은 말이지, 고로라는 시바견을 강아지 때부터 기르고 있는데, 일종의 방침을 갖고 있어. 개랑 싸우거나 꾸짖을 때, 두 발로 선 채 내려다보면서 소리를 지르거나 비어 있는 앞발, 그러니까 손으로 때리는 건 공정하지 않다고 말이야. 그래서 고로랑 싸울 때는 언제나 이렇게 엎드려서 네 발로 해. 그 녀석은 진짜로 싸울 요량인데, 상대방이 속을 뻔히 아는 고로니까 뭐랄까, 엉겨 붙어 장난치는 것 같지. 그런데 곤이 우리 집에 놀러 왔을 때, 그러니까 한 5년 전쯤 오기쿠보에 살던 시절이었을 거야, 아마. 그 즈음 나는 고양이를 키우고 있었어. 그 고양이랑 싸움이 붙었는데 곤이 갑자기 네 발로 엎드려서 고양이한테 달려드는 거야, 나도 놀랐지만 고양이가 더 놀라서, 그 고양이 이름이 가르보였는데, 그만 흥분해서, 고양이는 개랑 달라서 손을 쓸 수 있잖아, 인간보다 훨씬 더 부드럽게. 더구나 그 손에는 칼이 달려 있으니, 곤의 얼굴이 피투성이가 되어서, 마치 역사 드라마에서 칼 맞은 배우 같았다니까, 우와, 굉장했어.

무츠키는 생수를 꿀꺽꿀꺽 마시고, 그때가 그립다는 듯 눈을 감는다. 똑같은 얘기인데도 번번이, 한 마디도 빼놓지 않고 해 주는 무츠키에게 나는 아주 만족하고 있다.

마감날을 이틀 정도 넘기고서야 간신히, 역 앞 찻집에서 편집부 사람에게 원고를 건네주었다. 날이 아주 맑아 잠시 산책을 하고 돌아오니, 문 앞에 무츠키의 아버지가 서 있었다. 내 얼굴을 보자 한쪽 손을 들고 싱긋 웃는다.

"야, 이거 다행이군. 아무도 없길래 돌아갈까 하는 참이었는데."

중년이란 단어의 어딘가 모르게 퇴락한 이미지와는 동떨어진 웃는 얼굴이다.

죄송해요, 잠시 산책을 다녀오느라고요, 무츠키 씨는 병원에서 아직 돌아오지 않았는데요, 라고 말하면서 슬리퍼를 내놓고 현미차를 끓였다.

“금방 돌아갈 테니, 신경 쓰지 말거라. 그냥 어떻게 지내는지 궁금해서 온 거니까.”

그런 말을 듣자, 나는 단박에 긴장하고 말았다. 어떻게 지내다니, 뭘 어떻게 지낸다는 말인가. 우리 부모도 무츠키의 어머니도 대찬성한 이 결혼에, 오직 하나 반대한 사람이 이 시아버지였다.

“집이 꽤 좋구나.”

네, 덕분에요, 라고 대답해 놓고서, 덕분이라니 상당히 비굴한 말이라고 생각했다.

“결국은 결혼을 하고 말았구나.”

시아버지는 불쑥 본론에 들어갔다.

“내가 네 부모님을 뵐 면목이 없다.”

“무슨 말씀을요. 저희 부모님은 기뻐하셨는데요.”

“그야, 잘 모르시니 그런 게지.”

아뿔싸. 다른 한 통의 진단서 얘기다. 검사 결과, 에이즈에 걸렸을 가능성은 없습니다.

그야 그렇지만 저 역시, 라고 말하려다 그만두었다. 차마,

저도 정서 불안이니 피장파장이에요, 라고는 말할 수 없다.

"그 녀석과 결혼을 하다니, 물을 안는 것이나 진배없지 않으냐."

그때 등에 으슬으슬 서늘한 기척이 느껴졌다. 돌아보지 않아도 알 수 있다. 나는 나무도 들을 수 있을 만큼 또렷하고 큰 목소리로 말했다.

"괜찮아요. 전, 섹스를 별로 좋아하지 않으니까요."

순간 시아버지는 움찔하는 표정이 되었다가, 그러고는 슬며시 웃었다. 나는 분위기를 전환하고 싶어, 서둘러 일어났다.

"음악, 틀까요?"

무츠키의 CD 케이스에서 적당히 한 장을 꺼내 플레이어에 올려놓는다.

"차, 다시 따라 드릴게요. 다 식어 버렸어요."

콰광, 하고 커다란 소리가 울려 퍼졌다.

"오페라를 좋아하느냐?"

찻잔을 들고 오자 시아버지가 말했다.

"너는 참 독특한 아이구나."

그 엄청 큰 소리 덕분에, 시아버지는 잡담을 몇 마디 하고는 금방 돌아갔다. 그러나 물을 안는다는 말만은, 내 안에 선명하게 새겨지고 말았다. 소꿉장난처럼 재밌고, 자유롭고 편한 결혼의 대가라고 생각했다.

일요일이고 게다가 크리스마스이브인데, 무츠키는 바닥에 왁스 칠을 하고 있다. 유리창을 닦으려고 했더니, 나중에 내가 할 테니까 됐다고 한다. 일요일에 청소를 하는 것은 무츠키의 취미다.

"당신은 낮잠이나 자."

무츠키는 무척이나 결벽스러워서, 제 손으로 모두 반짝반짝하게 닦지 않으면 성이 차지 않는다.

그럼 구두나 닦을까, 라고 했더니, 지금 막 내가 다 닦았다고 대답한다.

"왜 그러고 있는데?"

멍하게 서 있는 나를 보고 무츠키는 이상하다는 듯이 묻는다. 무츠키는 때로 어이가 없을 만큼 둔감하다. 하기아 애당초 그러기로 한 일이기는 하다. 아내가 할 일이니 남편이 할 일이니, 그런 거 다 언어도단이니까 신경 쓰지 말자, 청소나 요리도 잘하는 쪽이 하면 그만이라고.

따분해서 화이트와인병을 들고 와, 보라 아저씨 앞에 앉는다.

"마셔요. 무츠키는 그냥 내버려두고."

아저씨는 신나 하는 표정이었다.

"쇼코."

한숨을 쉬듯 무츠키가 말한다.

"그런 데 앉으면 어떻게 해, 지금 왁스 칠하고 있잖아."

나는 차가운 독일산 와인을 한 모금 마셨다.

"잔소리꾼 무츠키."

할 수 없이 소파 위로 피난하고, 아저씨에게 노래를 불러주기로 했다. 빙 크로스비의 〈White Christmas〉는 내가 부를 줄 아는 유일한 영어 노래다. 와인을 마시면서(이 와인은 싸구려지만 달콤하고 맛있다) 노래를 부르고 있는데, 무츠키가 와서 병을 빼앗았다.

"병째 마시면 안 되지."

나는 너무나 불행한 기분이 들었다.

"내놔."

무츠키는 성큼성큼 부엌으로 걸어가, 와인을 냉장고에 집어넣고 말았다.

항의의 뜻을 담아, 소리를 꽥꽥 지르며 노래한다. 목이 아파질 정도로, 귀가 따가워질 정도로. 그러나 무츠키는 들은 척도 하지 않는다.

"어린애 같은 짓 그만해."

바로 뒤에서 누군가 웃은 것 같은 느낌에, 돌아보니 곤의 나무였다. 나는 울컥 화가 치밀어, 우선은 옆에 있던 걸레를, 그리고 유리 세정제와 그 뚜껑을 그 못마땅한 나무에 내던졌다.

"쇼코!"

무츠키가 당황하며 나를 제지한다.

나는 어찌할 바를 모를 만큼 슬퍼져서, 소리 내어 울었다. 울고 있는 자신이 서러워서 어떻게 할 수가 없어서, 울음을 그치려다 호흡 곤란을 일으키고 말았다. 무츠키가 나를 침대로 옮겨놓고는 좀 쉬라는 둥 느긋한 소리를 하길래, 나는 더욱 분해서 끝없이 딸꾹질을 해 댔다.

결국 울다가 그대로 잠이 들어, 눈을 떴을 때는 저녁나절이었고, 온 집 안에 티끌 하나 없었다.

"목욕이나 좀 하지 그래."

무츠키가 말했다.

“크리스마슨데, 외식하자.”

어째서 늘 이 모양일까. 무츠키는 자상하고 친절하다. 그리고 그렇다는 게 때로는 아주 고통스럽다.

“무츠키.”

내년에는 맛있는 것을 만들어야지, 하고 생각했다.

“왜?”

“내년에는 크리스마스트리 사자.”

관대한 무츠키는 천진하게 웃고, 올해 선물이라며 조그만 상자를 내밀었다.

녹색 리본을 풀고 하얀 포장지를 열자, 은색 물체가 모습을 드러냈다. 백합꽃 같은 모양의 그것은, 거품기치고는 너무 화사했다.

“샴페인 머들러라는 거야.”

무츠키가 말했다. 거품이 잘고 예쁘게 일도록 샴페인을 휘젓는 것이란다.

“예쁘다.”

그럼 오늘 밤 고급 샴페인을 사 와야겠네, 라고 했더니 무츠키는 고개를 저었다.

“이건 고급 샴페인에는 필요 없는 거야.”

싸구려 샴페인에 거품을 내는 머들러라니, 아, 너무 아름다운 선물이라고 생각했다.

첫 선물은 테디 베어였다. 오래된 복제품으로, 엷은 핑크색이었다. 큼지막한 상자에 리본이 달려 있고, 무츠키는 선을 본 다음 날 그것을 선물해 주었다.

두 번째 선물은 투명한 플라스틱으로 된 지구의였다. 나는 한눈에 마음에 쏙 들고 말았다. 수첩을 사려고 문방구에 들어갔다가 발견하고는, 그 자리에서 사 주었던 것이다. 언제든 무츠키의 선물은 포인트가 빗나간 적이 없다.

마음에 들어? 물론, 이라고 대답한 순간, 나는 어처구니없는 실수가 생각났다. 크리스마스인데, 나는 무츠키에게 줄 아무 선물도 준비하지 않았다. 선물 따위, 생각해 보지도 않았다.

"그건 그렇고, 뭐 먹지?"

"저 있지, 무츠키."

나, 당신에게 선물하려고 천체망원경 샀는데, 연말이잖아, 그래서 배달하는 데 좀 시간이 걸리는 모양이야. 너무도 술술 거짓말이 나와, 나는 혼자 놀란다.

"우와!"

무츠키의 눈이 반짝거렸다. 나의 남편은 매사 의심하지 않는 성격이다.

오늘 밤, 얼마나 많은 연인들이 같이 식사를 할까. 반짝반짝 닦인 유리창에 전등 빛이 어리고 있다. 보라 아저씨도 곤의 나무도, 게이도 알코올 중독자도, 모두 얄팍한 유리 안에 있다.

2 — 파란 귀신

희한한 일도 다 있다. 쇼코가 장시간 수화기를 붙들고 있다. 하기야 쇼코는 맞장구를 치기만 할 뿐인 듣는 역이라, 이렇게 오래도록 통화를 하는 것은 그녀의 본의가 아니다. 쇼코는 전화를 싫어한다.

곤이 전화하는 게 좋지 않겠냐고 하길래, 처음 한동안 나는 그녀에게 자주 전화를 걸었다. 처음 한동안이란, 내가 쇼코를 만나 사귀기 시작한 무렵이니, 물론 결혼하기 전이다. 곤이 말하길, 모든 여자는 NTT*의 수하란다. 쇼코는 수화기에다 대고 늘 똑한 목소리로 말했다

"우리, 전화에 대해서 좀 얘기해야 하지 않을까."

어느 날 그녀가 말했다.

★ 일본 전신 전화 주식회사

"얘기하다니, 뭘?"

손에 쥔 10엔짜리 동전에 신경을 쓰면서 나는 물었다. 비 내리는 밤, 나는 웨스턴 스타일의 조그만 바에서 전화를 걸었다.

"그러니까, 당신은 나한테 전화를 걸어야 할 의무가 없다는 말이지."

거침없는 말투로 쇼코는 말했다.

"사실, 무츠키도 전화 같은 거 좋아하지 않잖아?"

달리 방법이 없어, 나는 솔직하게 인정했다.

"놀랐는데. 어떻게 그렇게 잘 알지?"

카운터 자리에서 술을 마시고 있는 곤의 뒷모습을 보면서, 저 녀석의 여성론 따위는 절대로 믿지 않겠다고 생각했다.

마실래? 란 목소리가 들리고, 눈앞으로 잔이 쑥 튀어나왔다. 어느 틈엔가 긴 전화가 끝났다.

"이건, 무슨 술인데?"

"진하고 퀴멜★."

나는 그 일본 정종처럼 투명한 칵테일을 형식상 조금 핥

★ 캐러웨이 열매를 알코올에 담가 만든 독일산 술

고는 쇼코에게 잔을 돌려준다. 쇼코는 잔을 받아 들고, 맛있다는 듯 천천히 한 모금 마시고, 방긋 웃었다.

"미즈호, 시어머니하고 티격태격 뭐가 잘 안 맞나 봐."

"그래?"

미즈호는 쇼코가 여고 시절부터 사이좋게 지내는, 쇼코의 말에 따르면, 그녀의 '유일한 친구'다. 몇 번 만났는데, 쇼코와는 너무 다른 쾌활한 성격이라, 두 사람의 대화를 듣고 있으면 뒤죽박죽 앞뒤가 안 맞아 흥미로웠다.

"세상 시어머니들은 다들 억지소리만 하나 봐."

우리 시어머니는 굉장히 자상하신데, 라고 말하는 쇼코의 목소리가 순수해서, 나는 조금 뒤가 켕겼다.

평생 독신으로 살겠노라 작정한 게이 아들이 겨우겨우 좋아하게 된 여자다. 섹스는 안 해도 괜찮다며 내 아내가 된 여자에게 어머니가 친절하게 구는 것은 당연한 일이다. 도망치기라도 하면 어쩌랴 싶어 하는 것이다. 의사란 신용을 파는 장사다, 라고 어머니는 늘 말했다. 언제까지 독신으로 있어서야 남보기가 그렇잖니.

느닷없이 쿠션이 얼굴로 날아와 놀라서 돌아보니, 쇼코가 소파 위에서 입을 꾹 다물고 있었다.

“사람 얘기를 듣는 거야 마는 거야!”

쇼코는 툭하면 물건을 던진다.

“미안. 미즈호 씨 얘기하고 있었지?”

“그래. 그래서 말인데, 나, 미즈호네 집에 놀러 가기로 했거든. 좀 늦어질 것 같은데, 괜찮겠어?”

물론 괜찮지, 라고 나는 대답했다.

“아홉 시쯤에 데리러 갈까?”

쇼코는 고개를 저으면서, 내 얼굴을 빤히 쳐다본다.

“그보다, 가끔은 곤을 만나야 하는 거 아냐?”

아주 중요한 일을 말하듯, 묵직한 말투였다.

“많이 외로워하고 있을 거야.”

이상한 느낌이다. 아내가, 남편의 애인 걱정을 하고 있다니.

“아니, 그 녀석은 외로워할 놈이 아니야.”

하지만 아무튼, 걱정해 줘서 고마워, 라고 나는 말했다.

“어어.”

쇼코는 고개를 끄덕거리면서 미소 짓고는, 퀴멜을 섞은 진을 말끔히 마셔 버렸다.

다음 날, 어머니가 병원으로 찾아왔다. 나는 마침 아침 회진을 마치고 의국에서 커피를 마시는 참이었다.

"잘 지내고 있니?"

뒤에서 어머니가 그렇게 말하기 직전에, 나는 그녀의 방문을 알아차렸다. 향수 냄새 때문이다. 예, 어머니, 라고 나는 말했다.

"어쩐 일이세요, 아무 연락도 없이. 집으로 오시면 될 텐데."

물론 알고 있었다. 어머니는 내게 할 얘기가 있는 것이다. 우리가 아니고, 내게만.

"아버지는 잘 계세요?"

"그래. 잘 계시다."

코트를 벗고, 앙고라 스웨터를 입어 열 살 정도나 젊어 보이는 어머니가, 빨갛게 립스틱을 칠한 입술로 화사하게 웃었다.

"며늘아기는, 잘 있니?"

잘 있다고 대답하고서, 나는 어머니에게 의자를 권하고, 커피를 권하고, 그녀가 말을 꺼내기를 기다린다.

"네가 없으니, 온 집 안이 휑하더구나."

어머니는 애틋한 목소리로 말하고, 어깨를 약간 늘어뜨렸다.

"올겨울은 유난히 춥기도 하고……."

춥네요, 라고 나는 맞장구를 친다. 독감도 유행하고 있으니까, 어머니도 조심하세요.

"아, 그러고 보니 목이 조금 아픈데. 무슨 좋은 약 없을까?"

나는 어이가 없어서 잠시 쓴웃음을 짓는다.

"아버지한테 달라고 하시면 되잖아요."

아버지는 자기 병원을 운영하고 있다.

"그런데, 오늘은 무슨 일로 오셨죠?"

어머니는 말하기 곤란하다는 듯 우물쭈물하면서 나를 복도로 끌어냈다. 그러고는 목소리를 죽이고, 애 말인데, 라고 말한다.

"애요?"

어떻게 생각하냐, 라고 어머니는 다그쳤다. 쇼코하고도 다 의논해 봤다.

"결혼한 지 한 달밖에 안 됐다고요."

"무츠키."

카키이 씨, 산부인과지, 라고 어머니가 묻는다. 카키이란 같은 병원에 근무하고 있는 내 친구다.

"의논해 보는 게 어떻겠냐, 인공 수정 말이다."

어머니는 무슨 과자 이름이라도 되는 것처럼 거리낌 없이 그 단어를 내뱉었다. 인공 수정. 어차피 그런 일일 것이란 생각은 했다.

"죄송하지만, 쇼코하고 아직 아무런 얘기도 나누지 않았어요."

어머니는 노골적으로 불만스럽다는 표정을 지었다.

건강한 여자 같으면 누구든 당연히 생각할 일인데.

"차츰 얘기해 볼게요."

나는 그렇게 말하고 엘리베이터 단추를 눌렀다.

"뭐든 결정되면 곧바로 연락해야 한다. 당장은 아니더라도."

크림색 문이 열리고, 나는 어머니를 정중하게 상자 안에 집어넣었다.

"조심하세요. 아버지께도 안부 전해 주시고. 다음에는 두 분이서 놀러 오세요. 쇼코도 보고 싶어 해요."

어머니는 내 얼굴을 얄밉다는 듯 쏘아보았다.

"무츠키."

그러고는, 단호하게 한 마디로 정곡을 찌른다.

"넌, 우리 집안에 하나밖에 없는 아들이다."

뭐라 반박할 겨를도 없이 문이 닫히고, 나는 그 자리에서서 층수를 가리키는 램프가 1층에 이를 때까지 지켜보았다. 내 참, 이다.

엘리베이터 앞 공중전화에서 곤에게 전화를 건다. 곤은 대학생이지만 오전 중에는 대개 하숙집에서 잠을 잔다. 쇼코가 그러라고 해서는 아니지만, 오늘 밤은 오랜만에 만나고 싶었다.

집으로 돌아가 보니, 쇼코는 혼자 노래를 부르고 있었다. 정확하게 말하면 혼자가 아니다. 벽에 걸어둔 세잔의 수채화를 향해 노래하고 있어서다. 오늘의 곡목은 〈그 아이는 누구〉였다. 내 아내는 정말이지 좀 유별나다.

"다녀왔어."

돌아보며, 어서 와, 라고 말하면서 웃는 쇼코의 얼굴을 나는 정말 좋아한다. 쇼코는 절대로 반갑다는 듯 달려 나오지 않는다. 내가 집으로 돌아오다니 꿈도 꾸지 않았다는 듯이, 놀란 얼굴로 천천히 미소 짓는다. 아아, 생각났다, 는 말이라도 하려는 것처럼. 나는 내심 안도한다. 내가 밖에 나가 있는 동안, 아내는 나를 기다리고만 있지는 않았다고 생각한다.

"미즈호 씨는, 어때?"

코트를 벗으면서 내가 묻는다.

"생각했던 것보다 건강해 보였어."

"그것 다행이로군."

"토요일에, 콩 뿌리러 오라고 했더니, 남편하고 유타하고 다 같이 오겠대."

"콩?"

입춘이잖아 이번 주 토요일, 이라고 쇼코가 말했다. 쇼코는 그런 계절 이벤트를 무척 중요시한다. 그녀가 만들어 줘서 먹어 본 유일한 요리가 일곱 가지 채소죽이었을 정도다. 그때 그녀는 익숙지 않은 손놀림으로 채소를 썰면서, 옛날부터 내려오는 이야기는 참 로맨틱하지, 라고 말했다.

"벌써 입춘이야."

무츠키는 귀신 역할이야. 딴소리하지 말라는 투로 쇼코가 말했다.

목욕을 하고 있는데, 쇼코가 위스키 잔을 한 손에 들고 들어왔다. 옷을 입은 채다.

"곤 얘기해 줘."

"어떤 얘기?"

내 아내는 심심해지면 어디든 따라온다.

"아무 얘기나."

나는 잠시 생각하다가, 가능한 짤막한 것을 골라 얘기한다. 쇼코는 내가 욕조에 몸을 담그고 있을 때는 타일 바닥에 서서, 내가 몸을 씻고 있을 때는 욕조에 걸터앉아 얌전하게 얘기를 듣는다.

곤은 말이지, 무지무지한 장난꾸러기야. 그것도 친구나 아는 사람을 골탕 먹이는 게 아니고, 아무 죄도 없는 일반 시민을 타깃으로 삼는다니까. 장난의 종류도 상당히 다양하고 풍부해서, 그래 봐야 다 엉뚱한 짓들이지만, 그중에서도 내가 제일 마음에 드는 것은 말이지, 영화관에서 하는 건데, 비련의 여인이나 불치병에 걸린 어린애가 나오는 눈물 짜는 영화를 보러 가서 대충 울겠다 싶은 사람 옆에 슬쩍 앉는 거야. 왜 있잖아, 귀염성 있는 대학생 커플의 여자 쪽이나, 언뜻 유치원 선생 같은 차림을 하고 있는 여자 말이야. 그리곤 그 여자가 울기 일보 직전에, 그렁그렁 맺힌 눈물이 금방이라도 흘러 떨어질 것 같은 순간에, 곤이 재채기를 하는 거야. 그것도 아주 요란스럽게. 엣 치치치, 하고 말이야. 그럼 그 여자는 울음을 터뜨릴 타이밍을 놓치고는, 웃고 싶은데 웃지도 못하고, 그야 되게 안됐기는 하지. 코는 훌쩍거리지, 표정은 일그러지지.

나는 저도 모르게 그 장면을 떠올리고 웃는다. 정말이지 곤은 장난에 뛰어난 재능을 갖고 있는 것 같다.

"곤은 왜 그런 장난을 치는데?"

심각한 표정으로 쇼코가 물어, 나는 글쎄, 라고 대답했다. 곤은 옛날부터 동정을 싫어했고, 남 앞에서 우는 사람을 바보 취급했다.

"곤은 원래가 그런 놈이야."

샤워를 하면서 내가 말했다. 곤은, 의기양양한 얼굴로 부끄러운 짓을 하는 인간을 견디지 못하는 성격이다.

목욕을 한 후에 마시는 생수는 꿈처럼 맛있다. 청결한 물이 몸 구석구석까지 피 돌듯 돌아, 손톱 끝까지 건강해지는 듯한 기분이 든다. 베란다로 나가 꿀꺽꿀꺽 소리 내어 마신다.

"생수는 병이 마음에 안 들더라."

쇼코가 말했다. 쇼코는 담요를 둘둘 감고 서서, 따끈하게 데운 위스키 잔을 두 손으로 감싸듯 쥐고 있다.

"담요, 덮어 줄까? 몸 다 식겠다."

괜찮아, 상쾌한걸, 이라고 대답하고 나는 망원경을 들여다보았다. 이 망원경은 쇼코가 준 선물이다.

"생수병 말인데, 난, 잡았을 때 그 움푹 들어가는 느낌이 싫어. 도무지 병 같지 않잖아."

망원경으로 들여다보는 밤하늘은 반듯하게 재단되어 있다. 동그랗게 도려내진 우주에서 무수한 별들이 반짝거린다. 6백 광년 거리를 지나 도달한 리겔의 빛에 압도되어 나는 눈을 잔뜩 찌그린다. 11광년짜리 프로키온, 50광년짜리 카펠라.

"볼래?"

쇼코는 고개를 저었다.

"다른 별에는 평생 갈 수 없는걸 뭐. 난 관심 없어."

침대에 다림질해 놓고 올게, 라고 말하고 쇼코는 방으로 들어갔다.

나는 시트에 다림질하는 쇼코의 뒷모습을 소름이 오싹 끼칠 만큼 좋아한다. 그녀는 아주 열심히 다림질을 한다. 침대가 따뜻해지기만 하면 되는데, 쇼코는 꾹꾹 눌러가며 주름 하나 없게 다림질을 한다. 침대째 뽀송뽀송해질 정도다.

"쇼코."

응? 그녀는 방긋 웃고는, 고개를 약간 갸웃한다.

"결혼할 때 정한 일 말인데."

뭐? 라고 쇼코는 다시 한번 묻는다.

"여러 가지로 많이 정했잖아. 그중에 뭐?"

"애인."

"곤 말이야?"

아니 쇼코의, 라고 말하자, 그녀의 낯빛이 단박에 어두워졌다.

"하네기 씨를 말하는 거라면, 우린 벌써 옛날에 헤어졌어. 그렇다고 말했잖아."

우리는 애인을 만들 자유가 있는 부부다. 결혼할 때, 그렇게 분명하게 못을 박았다.

"무츠키 하나로 충분하거든요."

쇼코는 농담처럼 말하고, 콘센트를 뽑고, 돌아보며 자 침대가 준비되었습니다, 라고 말한다.

한참이나 눈을 감고 있었지만 잠이 오지 않았다. 몇 번이나 몸을 뒤척이다 눈을 떠보니 쇼코의 침대는 비어 있고, 시계는 한 시를 넘어서 있었다.

"아직 안 자?"

스웨터를 걸치고 문을 열자, 거실 공기가 살기를 띠고 있어 쇼코가 울鬱 상태라는 것을 알 수 있었다. 휘황하게 밝은 전등불에 눈을 깜빡이면서 곁으로 다가가자, 쇼코는 쿠션 위에 달랑 올라앉아 테이블에 엎드린 자세로 묵묵히 종이에 색을 칠하고 있었다.

"뭐 하는데?"

되도록 아무렇지 않은 투로 말을 걸면서, 재빨리 위스키병을 체크한다. 사분의 삼 정도 들어 있던 액체가 삼분의 일로 줄어 있었다.

쇼코는 귀신 가면을 그리고 있었다. 도화지에 그려진 파란 귀신은 보라색 뿔이 돋아 있고, 입은 새빨갰다. 그녀는 마침 굵직한 눈썹을 새까맣게 칠해 대는 중이었다.

"역작이로군."

쇼코는 대답하지 않는다. 다음 동작은 둘 중에 하나다. 물건을 던지든가, 울음을 터뜨리든가.

크레파스를 문지르던 손을 멈추고, 쇼코는 소리도 내지 않고 눈물을 흘리기 시작했다. 커다란 눈물방울이 넘쳐, 뚝뚝 떨어진다. 이따금은 고통스럽다는 듯 오열하기도 한다.

"쇼코."

쇼코는 두 손으로 얼굴을 가리고 낮게 신음하더니, 이번에는 어린애처럼 소리 내어 왕왕 울었다. 간혹가다 뭐라고 투덜거리는데, 무슨 소린지 전혀 알아들을 수가 없다.

"무슨 소린지 모르겠어, 쇼코. 차분하게 마음 가라앉히고 얘기해 봐."

끈기 있게 기다리지 않으면 안 된다. 어루만지거나 어깨를 껴안으면 오히려 난리를 치니까, 옆에서 가만히 쭈그리고 앉아 있는 수밖에 없다.

쇼코는 꽤 오래도록 울었다. 무츠키가, 라느니, 애인이, 라느니, 훌쩍거리면서 호소하는데, 결국 무슨 소린지 알 수 없었다. 질질 끌듯 침실로 데리고 가, 쇼코를 침대 안에 밀어 넣는다.

"좀 쉬어."

쇼코는 눈물에 젖은 눈으로, 여전히 매달리듯 나를 보고 있다. 얼굴 전체가 새빨갛게 부어올라 있다.

"곤 얘기는 이제 안 할 거야."

후끈후끈 열기를 띠고 있는 쇼코의 눈두덩을 손가락으로 만져 보면서, 나는 몹시 괴로운 기분으로 말했다.

이벤트는 대성황이었다. 미즈호 씨는 여전히 쾌활하고, 안경을 쓴 남편은 지극히 온화하고, 유타는 만날 때마다 토실토실 살이 올라 있다. 몇 살, 이라고 채 묻기가 무섭게 그는 오동통한 손가락을 세 개 어설프게 내민다.

나는 파란 귀신 가면을 쓰고 콩 세례를 받아, 으악, 소리를 지르면서 아파트 복도를 뛰었다. 당황해서 허둥지둥 도망치는 꼴이 우습다며 모두들 킬킬 웃었지만, 손과 머리 같은 노출된 부분에 콩을 맞으면 정말 아프다. 잡귀야 물러가라 하고 외칠 때 제일 심각한 표정을 지은 사람은 쇼코였다.

콩 뿌리기를 한 다음, 모두 맥주를 마셨다. 나이 수만큼 콩을 먹어야 한다고 쇼코가 하도 고집을 피워서, 그리 맛도 없는 콩을 각자 세어 가며 오도독오도독 먹는다. 쇼코는 여든 살 입춘에도 꼭 여든 개의 콩을 먹으라고 할 것이다. 나는 콩을 먹으면서, 주름이 자글자글한 여든 살의 쇼코를 상상해 보았다.

그건 그렇다 치고, 이 방의 무기질적인 공기가 갑자기 인간미를 띠어, 나와 쇼코는 안절부절못하고 만다. 그게 이 자그마한 '가족'이 내뿜는 파워라고 생각하니, 어쩐지 거북살스럽다. 뿌슝뿌슝 소리를 내며 소파에 픽 쓰러지기도 하고 소란스럽게 블라인드를 올렸다 내렸다 하는 유타와, 눈 한 끝으로 항상 아이의 동작을 쫓으며 언제든 대처할 수 있도록 준비하고 있는 젊은 엄마 아빠가 뿜어내는, 이 신선한 에너지. 우리는 만화 영화를 보면서 배달시킨 생선 초밥을 먹고, 맥주를 마셨다.

쇼코는 곤이 준 화분에 식은 홍차를 주면서, 아이란 정말 성가신 존재더라고 심각하게 말했다. 쇼코는 그 나무가 홍차광이라고 믿고 있다. 홍차를 주면, 반갑다는 듯 잎을 떤다는 것이다.

"벌써 열 시네."

열 시. 그들이 우르르 돌아간 것이 여덟 시 반이었으니, 쇼코는 그럭저럭 한 시간 반이나 화분과 대치하고 있는 셈이다.

"언제까지 그러고 있을 거야?"

내가 쇼코에게 하려던 말을, 쇼코가 먼저 꺼냈다.

"무츠키. 자기 한 시간 반이나 그렇게 닦고 있다는 거 알기나 해?"

“지문이나 침은 어디든 묻어 있으니까. 테이블과 유리창은 말할 것도 없고, 텔레비전에도 바닥에도 전화기에도.”

쇼코는 이해할 수 없다는 표정으로 나를 본다.

“하지만, 아까부터 내내 그러고 있잖아. 정상이 아니야.”

하지만, 아까부터 내내 그러고 있잖아. 정상이 아니야. 나는 마음속으로 따라 한다.

“나랑 쇼코는 닮은 꼴 부부네.”

무슨 뜻이야, 그 말, 이라고 쇼코가 말했다.

“난 전혀 안 닮았다고 생각하는데.”

뭐 마실래, 하고 물었더니 쇼코는 퉁명스럽게, 더블이라고 대답했다.

술과 오이를 들고 베란다로 나간다. 어머니가 한 말을 쇼코에게는 당분간 하지 말자고 생각했다.

“치즈 먹을 거야?”

부엌에서 쇼코가 큰 소리로 묻는다.

“좋지.”

나 역시 큰 소리로 대답하고 재단되지 않은 하늘을 올려다보았다. 별을 보면서 오이를 한 입 베어 물자, 싱그런 냄새가 입안 가득 퍼졌다.

3 — 기린자리

옛날 애인 꿈을 꾸었다. 그 사람은 변함없이 미간을 찌푸리고 수심에 찬 얼굴이었다. 풍성한 회색 스웨터는 그가 학생 시절에 즐겨 입던 낯익은 것이고, 양손에는 한 아름 하얀 프리지어를 안고 있었다.

"쇼코."

(그 사람은 늘 내 이름을 몹시 무기적으로 발음했다.)

"난 역시 너 없이는 못 살겠어."

그는 미간을 점점 더 험상스럽게 찌푸리면서,

"그런 심한 말을 해서 미안했어."

라고 중얼거리더니, 괴롭다는 듯 입술을 깨물었다.

"쇼코, 이거, 네가 좋아하는 프리지어하고 슈크림이야."

모로조프의 미니 슈크림이네, 라고 꿈속에서 나는 생각했다.

"무슨 맛?"

꿈속의 애인은 싱긋 웃는다.

"물론, 네가 좋아하는 쿠앵트로* 맛이지."

쿠앵트로 맛! 나는 금세 신이 났다.

잠에서 깨어나자 9시 15분이고, 무츠키는 벌써 나간 후였다. 잠옷을 입은 채 거실로 나가자, 향긋한 커피 냄새가 났다. 청결한 실내에는 가습기가 쉭쉭 소리를 내고 있고, 리플레이 단추를 눌러 세트한 CD가 세 장, 귀에 거슬리지 않을 정도의 볼륨으로 흐르고 있다. 나는 갑자기 불안해졌다. 무츠키는 두 번 다시 돌아오지 않을 것이란 기분이 들었다. 아니 어쩌면 애초부터 무츠키란 사람은 존재하지 않았는지도 모른다. 비정상적이리만큼 밝은 이 방과, 환경 음악의 병적인 투명함. 이곳에는 진짜 같은 것이 하나도 없다.

나는 당장 무츠키의 목소리가 듣고 싶어 견딜 수가 없었다. 지금 와서 새삼스럽게 하네기 꿈을 꾸다니, 무츠키 탓이다. 무츠키가 그런 말을 했기 때문에. 가슴에 응어리진 불안이 점점 목구멍으로 치밀고 올라와, 나는 거의 울음을 터

★ 프랑스에서 만들어진 달콤한 오렌지 맛의 리큐르

뜨릴 지경이었다.

"네."

두 번 벨이 울리고, 금방 여자가 받았다.

그녀는 냉담한 목소리로 병원 이름을 말한다.

"내과의 기시다 무츠키 씨 부탁합니다."

"잠시 기다려 주세요."

딸칵하는 소리에 이어 사람을 조롱하는 듯한 '오 브레넬리'가 흐르고, 다시 딸칵 소리가 나더니 아까 목소리가,

"아직 출근하지 않으셨는데요."

라고 말했다.

서둘러 옷을 갈아입고 지갑을 움켜쥐고 밖으로 나간다. 먼지 낀 햇살의 냄새. 나는 버스를 세 번이나 갈아타고 병원을 찾아갔다. (사실은 두 번만 갈아타면 갈 수 있는데, 버스 노선이 뒤죽박죽 복잡해서 올바르게 이용하기가 어렵다.) 차창으로 패밀리 레스토랑 몇 군데와 양배추밭, 그리고 마요네즈 공장이 보였다.

하네기와는 무츠키와 선을 보기 바로 얼마 전에 헤어졌다. 하네기는 침울한 표정으로(그 사람은 늘 그런 표정이다. 나는 그의 비애감 어려 있는 이마를 좋아했었다) 헤어지자고 말했다.

"쇼코, 넌 정상이 아니야."

남자는 사회적 동물이라서 말이지, 라고 그는 말했다.

"분방함이 쇼코의 매력인지는 모르겠지만, 그게 상식의 틀을 넘어서면, 나로서는 감당하기가 힘들어. 결국 내 자아의 문제란 생각이 드는군."

나는 지금 생각해도, 그가 무슨 말을 하려 했는지 전혀 알지 못한다.

"미안해."

라며 고개 숙인 그의, 고뇌에 찬 이마만이 인상에 또렷하게 남아 있다.

병원은 갈색 벽돌로 지어진 멋진 건물이었다. 접수 카운터에 있는 간호사에게 의국이 어디에 있는지 묻자, 얼굴도 들지 않고 수화기만 든 채,

"잠시 기다리세요."

라고 한다.

"성함이?"

기시다 쇼코라고 대답하자, 간호사는 노골적인 시선으로 내 전신을 훑고는 소름 끼칠 정도로 방긋 웃으며 소파를 가리켰다. 그리곤 또,

"저기에서 잠시 기다리세요."

라고 말했다. 나는 진저리를 치며 녹색 합성 섬유 소파에 앉아, 썰렁하고 어두침침한 로비를 바라보았다. 고풍스러운 스테인드글라스, 앉아 있는 사람들의 정체된 표정, 장소에 어울리지 않는 화려한 자동판매기. 눅눅한 나무 냄새며 사람들에게 위압감을 주는 거대한 유화. 여기가 무츠키의 일터다.

"쇼코."

불쑥 무츠키가 눈앞에 나타났다. 또렷하고 아름다운 눈, 가늘고 부드러운 머리칼, 정겨운 무츠키.

"어떻게 된 거야. 처음이군, 병원을 다 찾아오다니."

나는 소파에서 일어났지만, 하네기 꿈을 꾼 일이며 무츠키가 너무너무 보고 싶었다는 것, 버스를 잘못 타서 시간이 오래 걸렸으며 간호사가 느낌이 안 좋았다는 것, 로비에서 기다리는 동안 정말 불안하고 외로웠다는 등등의 얘기를, 어떻게 다 해야 할지 몰랐다.

"쇼코?"

"이제 갈 거야."

간신히 나온 말에, 무츠키는 무슨 일인지 잘 모르겠다는 표정이었다.

"가겠다고 했으니까, 갈게."

무츠키의 얼굴을 보고 안심해, 분명한 말투로 내가 말하자,

"뭐, 말리지는 않겠지만."

이라고, 참 난감하기 짝이 없다는 듯 무츠키가 말했다.

"어라, 혹시 사모님?"

꽤나 조심성 없는 목소리가 들려 돌아보자, 키가 아주 작고, 방금 목욕을 하고 나온 사람처럼 매끈매끈 붉은 얼굴에 두툼한 검정테 안경을 쓴 남자가 서 있었다. 나는 반사적으로, 이 남자에 비하면 무츠키는 하얀 가운이 너무너무 잘 어울린다고 생각했다.

"산부인과의 카키이 씨야. 언젠가 얘기했었지. 대학 시절부터 친구라고."

그런 얘기 전혀 기억에 없었지만, 나는 아무튼 방긋방긋 웃으며 인사했다.

"여어, 이거 놀랍군요. 이런 데서 만나 뵙다니."

카키이 씨가 허풍스럽게 말한다.

"정말이지 이 녀석, 비밀주의라니까요. 결혼하기 전에 소개해 주면 얼마나 좋습니까. 학생 시절부터 국가시험을 목

표로 하며 함께 분투한 친구 사인데."

"네에."

나는 애매하게 대답했다. 그러고 보니 나는 무츠키의 친구를 한 명도 만난 일이 없다. 피로연을 하지 않은 탓도 있지만, 암만 그래도 부자연스러운 일이기는 하다. 하기야 나는 무츠키가 다니는 병원을 보는 것조차 처음이었다.

"카키이 씨."

"예?"

이 사람은 유난히 싱글벙글거린다.

"우리 집에도 놀러 오고 그러세요."

내가 아내다운 기분에 푹 젖어 말하자, 옆에서 무츠키가, 허 참, 이란 표정을 지었다.

자동문 밖은 화창한 햇살이 비치고 따스하다.

"그럼, 조심해서 돌아가. 6번 버스 타고 영업소 앞에서 1번으로 갈아타면 돼."

알았다고 대답하고 나는 돌계단을 내려갔다.

"무슨 볼일 있었던 거 아니야?"

무츠키가 등 뒤에서 말해 나는 아냐 아무 일도 없었어, 란 식으로 손을 한들한들 흔들었다.

목욕을 하고 냉장고에서 토마토 주스를 꺼내 마신다.

"손님, 언제 초대할 거야?"

바게트 빵을 자르면서 묻자, 무츠키는 스튜를 휘저으며,

"나중에 하지 뭐."

라고 말했다.

"왜?"

"딱히 이유는 없어."

"카키이 씨, 싫어해?"

버터를 듬뿍 바른 바게트 빵을 한 입 깨물고 나는 물었다.

"그럴 리가. 그 녀석 좋은 놈이야."

"흐음, 그래."

그렇다면, 하고 나는 생각했다. 손님을 부르고 싶지 않은 이유는 한 가지밖에 없다. 무츠키는 나를 친구들에게 보이고 싶지 않은 것이다.

"스튜 다 되면 불러."

나는 거실로 나가 남은 토마토 주스를 곤의 나무에 주었다.

"이거, 피 같은 냄새가 나는데."

알코올 중독에 정서 불안까지 겹친 아내라니, 타인에게

드러내놓기 쉽지 않다.

“괜찮을까, 토마토 주스 같은 거 나무에다 줘도.”

부엌에서 무츠키가 말한다.

“뭐, 어때, 영양분도 많을 텐데.”

나는 잔에 얼음을 넣고 보드카를 콸콸 따른 다음, 칼루아를 섞었다. 이 끈적하고 검은 액체는 마치 독약 같아 지금의 기분에 딱 맞는다. 무츠키의 책꽂이에서 시집을 한 권 꺼내 팔락팔락 페이지를 넘기며 읽는다. 하나도 재미가 없다.

“곤 얘기해 줘.”

부엌을 향해 소리를 지르자 잠시 후에, 어떤 얘기? 란 목소리가 돌아왔다.

“곤이랑 섹스할 때 얘기.”

내가 다시 한번 소리를 지르자, 무츠키는 국자를 든 채 다가와,

“기분이 안 좋은 모양이군.”

이라고 툭, 말을 뱉었다.

“곤이랑 섹스.”

알았어 알았어, 라고 말하고 씁쓸하게 웃으면서 무츠키는 진지하게 생각하는 표정을 지었다. 그러니까, 음.

"음, 곤은 말이지, 곤의 등뼈는 똑바르고, 콜라 냄새가 나."

나는 무츠키의 옆얼굴을 가만히 쳐다보았다.

"일 년 내내 햇볕에 타 있고, 허리가 가늘고, 허리에서도 콜라 냄새가 나."

콜라 냄새.

무츠키는 끝, 이라고 중얼거리듯 말하고는, 내가 뭐라 투덜거릴세라 끓이고 있던 스튜를 보러 부엌으로 돌아갔다.

식사는 눈 깜짝할 사이에 끝났다. 둘 다 거의 아무 말도 하지 않았기 때문이다.

"어어."

거실에서 커피를 마시고 있던 무츠키가 벌떡 일어나 책꽂이의 책을 한 권 바꿔 놓았다.

"왜 그러는데?"

아무것도 아니야, 하면서 무츠키는 부드럽게 미소 지었다.

"왜 아무것도 아니라는 거야."

나는 짜증스러워 따지고 들었다.

"아까 내가 읽은 시집이잖아. 만지지 말라든지, 멋대로 꺼내지 말라든지, 똑바로 말하면 되잖아."

또 괜한 트집, 이라고 무츠키가 말했다.

"읽고 싶으면 마음대로 읽으면 되지."

다만 책들이 분류되어 있으니까, 가르쳐 줄게. 간단하니까 쇼코도 금방 기억할 수 있을 거야. 이쪽은 전부 프랑스 시집이야. 알랭 보스케, 앙드레 브르통, 레몽 크노. 스페인 시는 이쪽. 로르카 한 권밖에 없지만. 그리고 이탈리아 시, 독일 시.

이제 됐어, 라고 나는 말했다.

"한 권 꺼내면, 거기다 표시를 해 둘게."

좋은 생각인데, 라고 무츠키가 말해서, 농담이 통하지 않는 무츠키에게 나는 울컥 화가 치민다.

"책 하나 제대로 분류하지 못하는 아내가, 어떻게 손님을 부르겠어."

"쇼코."

한숨처럼 무츠키가 말했다. 무츠키의 똑바른 눈길은 언제나 나를 슬프게 한다. 그 선량한 눈으로 쳐다보면 나는 도저히 눈길을 돌리지 않을 수 없다.

"카키이도 말이지."

무츠키가 베란다에 망원경을 설치하면서 말했다.

"카키이도 정상이 아니야. 많아, 의사 중에는."

정상이 아니라니 무슨 뜻인지, 나는 금방은 알 수 없었다.

"결혼은 일종의 배덕 행위니까. 배덕의 결과인 신혼부부에게 관심이 있는 거야."

"카키이 씨, 게이야?"

내가 놀란 목소리로 묻자, 무츠키는 우습다는 듯이 웃으며,

"뭐, 사실대로 말하자면."

이라고 말했다.

"게이 인구가 제법 많은 거지 뭐."

그리고 무츠키는 베란다에서 별을 보면서 게이 얘기를 해 주었다. 게이를 분류하는 방식이며 정신적 배경 같은 것에 대해서.

"게이에도 여러 종류가 있고, 잠재적 게이도 늘어나는 추세라서 책을 분류하는 것처럼 간단하지는 않지만."

나는 위스키 병을 들고 와, 찔끔찔끔 마시면서 얘기를 들었다.

"곤은 말이지, 카키이더러 싸구려 삼류 소설 게이라고 해."

무츠키가 말했다.

"자기 집이 산부인과라서 어린 시절부터 여성의 몸을 두

려워한 탓에 그 공포감과 자기의 용모에 대한 극단적인 콤플렉스가 그런 결과로 이어졌다니, 너무나 진부하다면서 말이야."

"어, 그래."

그런 것인가, 하고 나는 생각했다.

"게다가 고등학교 시절 담임선생이 계기가 되었다고 하니까, 흔히 있는 얘기지 뭐."

"……."

게이에게는 반드시 계기가 있는 것일까.

"그리고 삼류 소설 같다고 하는 건, 카키이의 애인이 나르시스트 미소년이라서 그렇다는 거야."

무츠키는 그렇게 말하고 거의 자조적으로 피식 웃고는,

"하지만, 게이가 된 배경은 대개 삼류 소설적이니까."

라고 말했다.

"무츠키는 어떤 계기가 있었는데?"

곤, 이라고 짧게 대답하고 망원경에서 약간 물러나,

"볼래?"

라고 무츠키가 물었다.

"기린자리가 보이는데."

계기가 곤이었다니, 무슨 의미일까. 나는 망원경을 들여다보았지만 대체 어느 별이 기린자리인지 분간이 안 갔다.

“와, 굉장하다 별!”

“그렇지?”

“눈으로 그냥 보는 것하고는 전혀 다르네.”

하늘 가득 구슬을 박아놓은 것 같다고 생각했다.

“시골에 가면, 육안으로도 더 많이 볼 수 있지만 말이지.”

나는 세상이란 참 잘못 만들어졌다고 생각했다. 도시의 하늘에야말로 별이 필요하고, 무츠키 같은 사람에게야말로 여자가 필요한데. 나 같은 여자가 아니라, 좀 더 상냥하고 제대로 된 여자가.

“오늘 아침, 하네기 씨 꿈꿨어.”

라고 나는 말했다.

“어떤 꿈?”

“굉장히 좋은 꿈.”

무츠키는 웃었다.

“하지만 내 탓이 아니야.”

무츠키가 나빴어. 내 애인이 어쩌고저쩌고, 그런 소리를 했으니까.

"쇼코한테도 애인이 필요해."

필요하지 않다고 단박에 대답하자, 무츠키는 슬픈 표정을 지었다.

"나는 아무것도 해 줄 수 없어."

"……."

그래도, 우리 카키이 씨 초대하자고 나는 말했다.

"카키이 씨의 애인도, 그리고 곤도. 모두 모여서 재미있게 놀면 되잖아."

무츠키는 말이 없었다.

"그리고 말이지."

다음에 슈크림 사 와, 라고 나는 말했다.

"모로조프의, 쿠앵트로 맛."

내일 사 올게, 라고 말하고 무츠키는 청결하게 미소 지었다.

나는 곤의 나무를 베란다로 끌어냈다. 나무는 밤바람에 잎사귀를 흔들며 상쾌하다는 듯 서 있다.

"나 먼저 들어간다."

눈치 빠르게 먼저 방에 들어가서 나는 무츠키의 침대에 다림질을 했다. 이런 결혼 생활도 괜찮다고 생각했다. 아무것도 바라지 않는다, 아무것도 추구하지 않는다. 아무것도 잃지 않는다, 아무것도 무섭지 않다. 불현듯, 물을 안는다는 시아버지의 말이 떠올랐다.

"자, 다 됐어."

침대에 이불을 덮고 다리미 콘센트를 뽑는다. 눈을 감고 조그맣게 숨을 들이쉬자, 어둠 속에 구슬 같은 별하늘이 펼쳐졌다.

4 — 방문자들, 잠자는 자와 지켜보는 자

그렇게 커피를 마시면 위가 쓰리죠, 라고 간호사가 말했다. 아아, 그렇지, 고마워, 라고 대답하면서 다섯 잔째 커피를 따른다. 굳이 커피까지 마시지 않아도, 오늘 밤 일을 생각하면 위궤양이 생길 것 같다.

도무지 곤의 고집에는 어이가 없을 뿐이다. 사람이 그토록 부탁을 하는데, 그 융통성 없음이란 대체 뭐란 말인가. 어려운 부탁을 하는 것도 아니다. 오늘 밤 다른 볼일이 있다고 해 달라는 것뿐이다.

흐음, 하며 곤은 수화기에 대고 웃었다.

"그렇게 오지 않길 바란단 말이지."

"그런 얘기가 아니고, 카키이하고 그 친구도 올 거라서. 별로 좋아하지 않잖아."

"흐응."

"곤은 다음에 초대할게. 약속해."

"고생이 많군, 결혼하더니."

곤은 언제든 이런 식으로, 아무렇게나 말을 뱉는다.

"하지만, 싫은데."

초대한 건 그쪽이잖아, 라고 곤은 말했다.

"그러니까 부탁하는 거지."

곤은 고소해하는 표정을 짓는다. (보지 않아도 알 수 있다. 수화기를 통해 전부 전해진다.)

"오지 말라면 가지 않겠지만, 그러나 부인한테는 무츠키 사정 때문에 못 간다는 걸 분명히 해 주어야겠어. 미안하지만, 내 사정 때문에 거절한다고 할 수는 없으니까."

노골적으로 즐기고 있는 말투였다.

"7시였지?"

이제 포기하라면서 곤은 웃었다.

오늘 아침, 쇼코는 잔뜩 들떠 있었다. 김밥이랑 유부초밥하고 포테이토칩하고 채소하고 아이스크림 사 둘 테니까, 돌아오는 길에 프라이드치킨 사 와, 라고 그녀는 말했다.

"그 정도 있으면 되겠지?"

"어린애들 파티 같은 메뉴로군."

정말이네, 라며 쇼코는 기분 좋게 웃었다.

현관에서 나를 배웅하며 7시지? 라고 재차 확인하고서, 쇼코는 갑자기 무표정한 목소리로 그리고, 라고 말했다.

“그리고, 여차하면 곧바로 밖에 나갈 테니까 걱정 안 해도 돼.”

“여차하면?”

그 말을 이해하는 데 3초 정도 걸렸다.

“부탁이니까 그렇게 엉뚱한 소리 좀 하지 마.”

너무 심한 오해다. 쇼코는 게이와 변태가 같은 것이라고 착각하고 있다.

“난 호색한이 아니라고.”

나는 이유도 없이 동요하면서 설명했다. 설명하면서 내 얼굴이 붉어진다.

“친구들끼리 모여서 그냥 밥 한 끼 먹는 것뿐이라고. 알겠어, 쇼코? 당신은 그런 것까지 신경 안 써도 돼.”

가느다란 눈썹을 바짝 모으고 심각하게 내 얘기를 듣고 있던 쇼코는 알았어, 하고는 감개무량하다는 듯 고개를 끄덕였다.

메지야에서 프라이드치킨을 사고, 히로오 사거리에서 카

지베 씨를 태웠다. 카지베 씨는 카키이의 애인으로 그 근처 종합 병원에 근무하는 뇌과 의사다. 창백하게 야위고 말이 없는, 아름답게 생긴 남자다. 삼십 대 후반인 듯한데, 스물일고여덟 살로 밖에 보이지 않는다. 카지베 씨는, 나까지 폐를 끼쳐도 괜찮은 건가, 하면서 차에 올라탔다.

그건 그렇고, 카키이만큼 조수석에 태우고 싶지 않은 인간도 없다. 발을 동동거리는 것으로도 모자라, 안전벨트를 매었다가 풀었다가 3분 간격으로 딸그락딸그락 소리를 낸다. 라디오도 한 곡마다 채널을 바꾸고, 차간 거리를 유지하라는 둥 제한 속도를 보고 있느냐는 둥 시끄럽기가 그지없다.

"꽃보다 역시 케이크가 나을까?"

손톱을 깨물면서 카키이가 말했다.

"그녀, 단것 좋아하나?"

"응."

그녀란 말이 어쩐지 천박스러운 느낌, 이라고 나는 생각했다.

"깨문 손톱, 아무 데나 버리지 마."

알고 있어, 라며 카키이는 창문을 열었다. 얼굴이 금세

빨개진다. 이 녀석은 금방 동요하고, 동요하면 얼굴이 빨개진다.

"너 사는 동네에 빵집 있나?"

창밖으로 손톱을 버리고, 카키이가 물었다.

"응."

"그럼, 나중에 잠깐 들르게 해 줘. 앗, 신호 바뀌겠어."

알고 있어, 라고 나는 말했다.

집에 도착하니 뜻하지 않은 손님이 먼저 와 있었다. 쇼코의 부모님과, 그리고 곤이었다. 나는 소스라쳐 한순간 등줄기가 서늘해졌다.

"왜 이렇게 늦었어."

쇼코가 말한다. 시계는 정확하게 7시를 가리키고 있다. 늦었어 늦었어 늦었어. 무슨 제목처럼 투덜투덜거리며 손님까지 쏘아보아, 카키이와 카지베 씨는 주눅이 들고 말았다.

"미안하구나, 갑자기 찾아와서."

쇼코의 어머니가 높은 목소리로 말하자, 옆에서 카키이의 몸이 순식간에 굳어졌다. 귀까지 빨개진다. 이 녀석은 연상의 사람(좀 이상한 표현이지만, 아무튼 상식적인 가정에서 상식적인 생활을 하는 중년 이상의 사람) 앞에 서면 단박에 위축되어 말이 없어진다.

"거, 마치 자폐증에 걸린 아이 같군."

곤이 말했다.

"7시였다면서. 내가 완전히 착각을 해서 말이야."

천연덕스럽게 말하고, 곤은 하하하 웃었다.

"5시인 줄 알았지."

나는 어이가 없었다. 사람으로 꽉 찬 방 두 개짜리 좁은 아파트는 쇼코 어머니의 향수 냄새와 방금 사 온 프라이드 치킨 냄새로 숨이 갑갑하고 혼돈스러웠다.

"단것을 좋아한다고 하길래."

입속으로 우물거리듯 말하면서 카지베 씨가 케이크 상자를 쇼코에게 내밀었다. 어머머머, 미안하네요, 라고 말한 것은 쇼코가 아니라 쇼코의 어머니였다. 뒤죽박죽이라고 나는 생각했다.

"야, 이거, 손님이 많아 좋군."

쇼코의 아버지가 말한다. 부부가 나란히 이렇게 기분이 좋으니 어째 떨떠름하다.

"그래서, 자네들 모두 의사신가?"

나는 죽 소개했다.

"지금, 곤이 무츠키 얘기하던 중이었어."

쇼코가 그런 말을 해서, 나는 과장이 아니라 손끝이 파르르 떨리고 식은땀이 흘렀다.

"야아, 좋군 좋아."

대체 뭐가 좋다는 건지, 장인은 내 어깨를 툭툭 치면서 일어났다.

"그럼, 우린 그만 돌아가야겠군."

장모는 더 남아 있고 싶은 눈치였지만, 쇼코가 코트를 들고 와 어쩔 수 없이 돌아가는 꼴이 되었다.

현관에서 제일 붙임성 있게 배웅한 것도 곤이었지만 거실로 돌아왔을 때 조그만 소리로, 아아, 이제야 산소가 좀 짙어졌군, 이라고 중얼거린 것도 곤이었다.

"적당히들 앉아."

홍차 찻잔을 치우면서 내가 말하고, 쇼코는 찻주전자에 남아 있는 홍차를 화분에 쫄쫄 따랐다.

"아파트, 좋은데."

순식간에 제정신을 회복한 카키이가 말한다. 이쪽이 침실? 이냐는 둥, 여기가 욕실이고? 라는 둥, 카키이는 한차례 점검을 한 후 소파에 앉는다.

"꽤 그럴듯한데."

쇼코는 민트 줄렙을 만들어 각자 앞에 내놓고, 그러고는 버번 병을 테이블 한가운데 턱 갖다 놓고,

"마음껏 드세요."

라고 말했다. 유부초밥이니 프라이드치킨이니 하는 것들이 빼곡하게 차려진 테이블이 정말 어린애들 파티상 같았다. 그리고 쇼코가 커다란 바구니 한가득 담은 채소를 내왔을 때, 거기에 있는 사람들 모두 입을 떡 벌렸다. 당근과 무는 그나마 뭉텅뭉텅 썰려 있었지만, 오이나 양상추는 통째로 물을 뚝뚝 떨어뜨리고 있었던 것이다.

"술을 마시면 채소가 굉장히 먹고 싶어지잖아요."

변명처럼 쇼코가 말했다. 자세히 들여다보니 채소가 담긴 바구니는 다 씻은 그릇을 담는 바구니였다.

여느 때 같으면 냉소했을 곤이 제일 먼저 손을 뻗었다. 얼핏 보기에도 딱딱한 당근을 아작아작 씹는다. 덩달아 쇼코가 셀러리를 아작거리고, 다른 사람들도 불평 한마디 하지 않고 각자 채소를 하나씩 먹었다. 이상한 느낌이다. 나는 양상추 잎을 두세 장 뜯어 아작거렸고, 그것은 아주 엷은 맛이 났다.

"쇼코 씨의 몸은, 틀림없이 순수할 거예요."

카지베 씨가 말해서 우리는 몹시 놀랐다. 그 사람이 자기 입으로 먼저 얘기를 꺼내는 일은 흔치 않은 것이다.

"술은 몸을 산성으로 만드니까요. 채소가 좋아요, 술을 마실 때에는."

쇼코는, 오늘 밤 처음으로 생긋 웃었다. 정말 기쁘다는 듯.

정말이지 기묘한 밤이다. 카지베 씨의 평소 주량은 잘 모르지만, 나나 카키이는 거의 마시지 않는다. 곤 역시 그렇게 마시는 편이 아닌데, 우리는 그 밤, 민트 줄렙을 꿀꺽꿀꺽 마셔 댔다. 달콤한 맛이 나면서도 독한 이 술은 식욕도 자극한다. 실제로 우리는 잘 마시고, 잘 먹고, 잘 떠들었다. 오늘 아침부터 내 가슴을 무겁게 짓누르던 몇 가지 걱정—곤이 평소 버릇대로 인사 대신 가시 돋친 농담을 던지지는 않을까, 쇼코가 갑자기 울 상태에 빠지거나 흥분하지는 않을까, 카키이가 우리의 결혼을, 또는 쇼코를, 무례한 호기심으로 빈정거리지는 않을까, 등등의 헤아리자면 끝이 없을 기우—은 일단 노파심이 된 셈이다. 아니 오히려 분위기가 유난히 밝고 명랑해서 마음이 편했다고 해야 할 것이다.

곤은 독설 한 번 뿜지 않고 시트콤에 등장하는 쾌활한

하숙생처럼 굴었고, 카키이도 평소 움찔움찔 겁먹은 표정을 잊고 느긋하게 풀어져 있었다. 카지베 씨는 말은 별로 없었지만 쇼코가 퍽 마음에 든 것 같았고, 이 기묘한 만남의 자리를 즐기고 있는 듯이 보였다. 쇼코 역시 여느 때처럼 빠른 속도로 술을 마셔 댔다. 울증은 신기할 정도로 가라앉아 있었다. 가끔 노래를 부르기도 하고, 벽에 걸려 있는 그림을 떼어내 자기 옆에 놓기도 하는 외에는 이렇다 하게 이상한 짓도 하지 않아, 오히려 가벼운 조躁 상태인 것처럼 보였다.

"마지막 전철을 타려면 슬슬 일어나야지."

곤이 그렇게 말했을 때의 방 안 분위기는 뭐라 형용하기 어렵다. 신나게 좋아하는 놀이를 하고 있는데 그만하라고 해서 부루퉁해진 어린애 같은 불만이 순간적으로 방 안을 뒤덮고, 다음에는 그 불만에 대한 어색함과 부끄러움이 스치고, 그리고 그런 감정 전부에 대한 놀람이 압도적인 지배력을 지니고 찾아왔다. 갑작스레 현실로 돌아온 듯한 기분.

"그러고 보니 아이스크림 있는데, 깜빡했네."

라고 쇼코가 말했을 때는 모두가 현실 속에 있었다.

아무도 디저트를 먹고 싶어 하지 않아, 한없이 계속될 것 같았던 밤은 돌연 끝이 나고, 우리들은 줄줄이 밖으로 나왔다. 역까지는 13분이나 복잡한 길을 걸어가야 하는데, 데려다주지 않아도 된다고 곤이 말했다. 그 말은 진심일 것이라고 생각했다. 곤이란 놈은 방향 감각이 극단적으로 좋다. 그런 동물적인 감각이 늘 과도할 정도로 예민하게 작동한다. 그런데 쇼코가 기어이 배웅을 하겠노라 해서, 우리는 산책도 할 겸 역으로 가는 밤길을 나란히 걸었다. 다들 말이 없었다. 어색하다기보다 오히려 우스꽝스러운 느낌이 들었다. 휘청휘청 걷고 있는 우리 옆에서, 쇼코는 커다란 팩째 들고 나온 아이스크림을 떠먹으며 묵묵히 걷고 있었다. 주택가에 오가는 사람은 없고, 봄날의 밤은 따뜻하고 푸근해서 나는, 양갱 같다고 생각했다.

늘 조화를 깨뜨리는 사람은 곤으로 정해져 있다. 무슨 일이든 그랬다. 마침 역 앞 상점가로 접어드는데, 곤이 갑자기 우뚝 서더니,

"나, 어디 좀 들렀다 가야겠어."

라고 말했다.

"이 근처에 친구가 살고 있어서."

이 근처에 친구가 살고 있다는 얘기는 들은 적이 없었다.

"근처라니 어디?"

"모리구치 두부 가게 뒤."

물론 그런 두부 가게도 본 적이 없지만, 더 이상 말해 봐야 소용없다는 것을 잘 알고 있었다.

"잘 먹었습니다. 쇼코 씨."

쇼코만 성큼성큼 오던 길을 되돌아가는 곤의 등에다 손을 훠이훠이 흔들었다.

카키이와 카지베 씨가 마지막 전철에 무사히 오르는 것을 보고 나와 쇼코는 어슬렁어슬렁 집으로 돌아갔다. 마지막 전철에서 쏟아져 나온 사람들이 제각기 집으로 돌아가는 길을 서두르고 있었다. 이 주변에는 24시간 편의점이 많다. 휘황하게 불을 밝히고 있는 그런 가게에서, 문이 열릴 때마다 오뎅이며 만두 냄새가 풍겨 나왔다.

"곤도 참 바보네."

어이없다는 듯 쇼코가 말했다.

"요즘 같은 세상에 두부 가게가 어디 있다고."

응, 하고만 나는 대꾸했다. 마지막 전철을 놓치고 어쩌려는 셈인지. 그 가난한 대학생이 택시를 타고 돌아갈 리는 없다.

자, 하며 쇼코가 아이스크림 팩을 내게 들이밀었다.

"이제 안 먹어?"

나눠 주는 거야. 그녀가 뚱하게 말했다. 손이 시려진 모양이다.

"고마워."

나는 그렇게 대답하고 아이스크림 팩을 받아들었다. 쇼코는 두 손을 점퍼스커트 주머니에 쑤셔 넣더니, 오늘 하루의 감상을 조잘조잘 늘어놓았다. 다 좋은 사람들이라는 둥, 특히 곤이랑은 마음이 맞는 것 같다는 둥, 게이라고 다 여자 말을 쓰는 건 아닌가 보다는 둥(그녀는 게이와 성전환 수술자를 동일시하고 있다), 카키이 씨도 재미있는 사람이라는 둥, 손톱을 너무 바짝 깎았다는 둥.

"그리고."

라고 말하고 쇼코는 눈을 가늘게 찌푸리고는, 카지베 씨는 부처님 같았어, 라고 말했다.

그 엉뚱한 비유가 무슨 뜻인지 물으려는데, 쇼코가 내 팔을 잡았다.

"저기 좀 봐."

쇼코의 시선 끝에 으리으리한 집이 있었다. 멋들어진 대문 안쪽에 바로 개집이 있고, 외등에 드러난 그 개집에서 청바지를 입은 다리가 둘 튀어나와 있었다. 틀림없는 곤의 다리였다.

"곤!"

문 바깥쪽에서 이름을 부르자, 개집 속에서 개가 기세등등하게 짖었다. 두 다리가 재빨리 휘고, 허리에서 몸, 어깨에 이어 머리가 쑥 나타났다.

"에이, 조금만 더 있으면 되는 건데."

라고 곤은 말했다.

"놀라게 하니까 흥분했잖아."

"무슨 짓을 하고 있는 거야."

개는 쇠사슬을 끌며 개집에서 튀어나와, 불이라도 난 것처럼 왕왕 짖어 댔다. 곤은 대문을 타고 넘어 땅으로 훌쩍 뛰어내려서는, 도둑놈 같네, 라고 혼자 중얼거렸다.

개는 물어뜯기라도 할 것처럼 짖어 대고, 당장이라도 주인이 달려 나올 것 같아 우리는 그야말로 도둑놈처럼 헐레벌떡 도망쳤다. 오른손으로는 아이스크림 팩을 껴안고, 왼손으로는 쇼코를 잡고 뛴다. 뛰면서, 바보스러우리만큼 명랑한 아까의 그 기분이 되살아나는 것을 느꼈다. 개 짖는 소리가 들리지 않을 즈음 멈춰서서, 옆에서 숨을 헐떡이고 있는 쇼코를 봤더니 왼손이 곤의 오른손을 맞잡고 있었다. 곤은 나를 보고 싱긋 웃었다.

"무츠키, 아이스크림."

숨을 헉헉거리면서 쇼코가 달라고 해서, 나는 그 짜부라진 아이스크림 팩을 그녀에게 건넸다. 그러나 아이스크림은 이미 녹아 흐물흐물한 상태였다. (맥도널드의 셰이크 같네, 라고 그녀가 말했다.)

"뭐 하고 있었던 거야?"

곤에게 다시 물었다.

"그 개가 네 친구야?"

시끄러워, 라고 곤은 말했다.

"같이 자도 괜찮겠냐고 교섭하는 중이었어. 그랬더니 우연히 그 녀석도 게이더라니까."

"정말?"

놀라서 묻는 쇼코에게 곤은 진지한 표정으로 고개를 끄덕인다.

"곤."

내가 나무라자, 곤은 또 싱긋 웃었다.

정말 어처구니없는 일이지만, 우리는 그날 밤 거실에서 셋이 같이 잤다. 쇼코가 자기는 소파에서 잘 테니까 애인끼리 침실에서 자야 한다고 주장하는데, 나는 당연히 안 된다고 거절했지만 곤이란 놈이 어느 쪽이라도 상관없다는 따위의 무책임한 말을 하는 바람에 말이 엇갈려 결국 거실에서 나란히 자게 된 것이다.

"여행이라도 온 것 같네."

쇼코가 말했다.

"신선하고, 왠지 가슴까지 설레네."

나는 이 불미스러운 사태에 도무지 잠이 올 것 같지 않았다. 안 그래도 침대가 바뀌면 잠들지 못하는 성격이다. (내 등은 다림질을 한 시트와 청결하고 따뜻한 이불, 침대 스프링의 탄력도까지 빈틈없이 기억하고 있다.) 카펫에 요를 깔았을 뿐인 이런 잠자리에서, 더구나 왼쪽에는 쇼코가 누워 있고 오른쪽에는 곤이 누워 있는 상황에서 어떻게 잔다는 말인가.

"우리 엄마하고 아빠, 좋아하셨어."

쇼코가 뜬금없이 그렇게 말했다.

"둘 다, 곤이 굉장히 마음에 들었나 봐."

"그래."

"곤이 자기를 너무 많이 칭찬해서, 아버지는 정말 자랑스럽다는 표정이었어. 쇼코에게는 과분한 남편이란 식으로."

오늘 쇼코는 굉장히 말이 많다. 나는 곤이 열변으로 꾸며 냈을 이야기를 생각하고, 장인의 인상 좋게 웃는 얼굴을 떠올리고 암담한 기분이 들었다. 딸과, 사위와, 사위의 애인이 내 천자를 그리며 자고 있는 모습을 본다면, 그 사람은 과연 어떤 표정을 지을까.

무츠키는 정말 나한테는 과분한 남편이야, 라고 쇼코가 툭 말을 뱉었다.

"하지만 오늘은 감점 하나야. 늦게 왔는걸 뭐. 정말 늦었다고. 다섯 시간이나 기다렸어. 아니 여섯 시간이었나."

"어이, 쇼코."

거의 과대망상이다. 부모님을 감당하기가 꽤나 힘들었던 모양이다.

"비 냄새!"

쇼코가 그렇게 말하고 벌떡 일어나 창문을 열었다.

"그것 보라니까, 내리고 있잖아. 아까 후텁지근하길래, 비가 오겠구나 했거든."

부엌에 가서 탁 캔맥주를 따고는 무츠키도 마실래? 라

고 쇼코가 물었다.

"아니, 마실 만큼 마셨어."

"곤은?"

어, 곤은? 이라고 쇼코가 다시 한번 묻는다.

"잠들었어."

천하태평하게 잠든 곤의 얼굴을 보면서, 나는 떨떠름하게 웃고 만다. 도대체 어떻게 생겨먹은 감각의 소유자인지, 허 참.

창문 옆에서 쇼코는 꿀꺽꿀꺽 소리 내며 맥주를 마시고 있다. 바람을 타고 비 냄새가 흘러들어왔다.

5 — 알사탕

그 후로 무츠키의 친구들이 가끔씩 놀러 온다. (카키이 씨와 카지베 씨는 밤, 무츠키가 있을 때만 온다. 곤은 낮, 무츠키가 없을 때만 온다.) 무츠키는 다들 쇼코가 마음에 들었나 보다고 말했다. 나도 그들이 다 마음에 들고, 그것은 아주 기쁜 일이다. 무츠키는 여전히 친절해서, 결혼한 지 넉 달 반, 선을 본 날부터 계산하면 8개월이 되는데 우리는 아직 싸움 한 번 한 적이 없다. 이런 생활을 순풍에 돛단배라고 하는 것이리라. 그런데도 나는 몹시 짜증스럽다. 그 이유는 나 자신도 알 수 없다.

무츠키를 아주 잔혹하게 대할 때도 있다. 가시 돋친 말과 심술궂은 농담으로 하루에도 몇 번이나 무츠키에게 상처를 주고 만다. 5월 들어 그 악취미는 점점 더 도가 심해져, 맑게 개고 바람이 산들거리는 아름다운 날에는 특히 더 그랬다. 원래부터 5월을 싫어했다. 풍경이 갑자기 알록달록해지고, 세상이 바쁘게 숨쉬기 시작한다. 식물들만 생기발랄해지고, 우리 집에서도 곤의 나무에만 유독 기운차게 잎사귀들이 솟아 난다.

일이 바빠? 라고 오늘 아침 무츠키가 물었다. 왜 그러느냐고 반문했더니 고개를 갸웃하고는,

"아니, 좀 피곤해 보여서."

라고 대답한다. 구두를 신고 열쇠를 주머니 안에 넣고, 무츠키는 현관문을 열었다.

"오늘 밤은 야근이니까, 문단속 잘하고. 그리고 가스 잠그는 것도 잊지 말고. 일, 너무 열심히 하지 마."

"무츠키."

오랜만에 무츠키가 야근하니까 신나네, 라고 나는 말했다. 무츠키는 난감하다는 듯 웃고, 그리고 쾅, 하고 문을 닫았다.

나는 물론 무츠키가 야근하는 날을 싫어하지 않는다. 혼자 있으면 안심이 된다. 무츠키를 굉장히 좋아하고, 그래서 결혼했지만 하루 스물네 시간 같이 있고 싶어 할 만큼 애정이란 것을 믿고 있지는 않다. 그렇다고 그런 말을 무츠키에

게 할 마음은 없었고, 말해 버린 순간에는 울고 싶을 만큼 우울해졌다. 나는 좀 이상하다.

언젠가 미즈호는, 남편이 출장이 잦은 게 유일한 불만이라고 했다. 그리고 남편이 출장을 갔을 때마다 내게 전화를 걸었다. 신혼 초부터 날 혼자 내버려두고, 도대체 왜 결혼을 했는지 모르겠어. 내가, 이미 낚인 물고기에게 무슨 미끼가 필요하겠느냐고 심술을 부리자, 그런 게 아니고, 그도 물론 가기 싫어하지, 가면 혼자 외롭다고 하지, 라고 모순된 말을 거침없이 하고는, 쇼코는 내 마음을 모른다면서 진짜로 화를 냈다. 쇼코는 내 마음 몰라. 그러고 보니 요즘은 그런 전화가 걸려 오지 않는다.

나는 사전을 덮고 스탠드를 끄고 일어났다. 오늘 밤은 도무지 일이 잘 되지 않는다. 혼자 있어도 마음이 편하지 않다. 나는 잔에 위스키를 따라 들고 욕실에 가서는, 욕조에 물을 받았다. 콸콸 소리를 내며 쏟아져 나오는 물을 바라보면서 위스키를 혀끝으로 핥는다. 잔에 잔물결이 인다. 잔물결을 쳐다보면서 나는 귀 기울인다. 전화벨이라도 울리면 안 되기 때문이다.

세면대에 잔을 내려놓고, 침실에서 잠옷과 새 속옷을 가져와 바구니에 담았다. 물이 아직 절반 정도밖에 차지 않아, 거실로 돌아가서 보라 아저씨에게 노래를 불러 주었다. 〈비〉와 〈탱자나무 꽃〉과 콘콘*의 노래를 부르고 욕실로 돌아가자, 마침 물이 8할 정도 차 있었다. 위스키를 마시면서 욕조에 몸을 담갔다. 전화기는 코드를 끌고 와 잠옷 위에 놓아두었다.

욕조 안에서 술을 마시기는 오랜만이었다. 무츠키가 금하고 있어서다. 결혼하기 전에는 종종 이렇게 잔을 든 채 욕조에 들어가곤 했다. 욕실에서 노래를 부르면, 술기운이 전부 얼굴과 머리로 기어올라간다. 혈액의 흐름이 점점 빨라지는 듯하고, 기분이 아주 좋다. 온몸의 피란 피가 탄산소다가 된 것 같다. 그러다 그것은 물 흐르는 청룡 열차가 된다. 머릿속이 어지럽고, 그러면서도 이상하게 개운해진다.

심장에 진짜 나쁘다니까, 라고 무츠키는 말했다. 약속하는 거지, 다시는 안 그런다고. 절대로 안 그런다고. 고개는 끄덕였지만, 그뿐이다. 나는 물의 표면을 찰싹찰싹 때렸다.

거짓말 따위, 나는 아무렇지 않게 여긴다. 결혼하고 넉 달 반

★ 가수이며 배우인 코이즈미 쿄코의 애칭

동안, 그 약속을 지켰다는 게 오히려 이상할 정도다. 나는 물을 계속 때렸다. 물방울이 튀고, 손바닥이 저렸다.

욕실에서 나오자 나는 차가운 미니 캔맥주 하나를 단숨에 들이켰다. 눈 속에서, 아까 마신 위스키와 지금 마신 맥주가 뒤섞여서 철썩철썩 파도쳐, 어질어질하다. 현기증이 일었다.

전화벨은 울리지 않았다.

여느 때처럼 무츠키는 도넛을 잔뜩 사 들고 돌아왔다. 무츠키가 근무하는 병원에서는, 야근을 한 사람은 다음 날 오전 내내 비번이다. 오후에는 정상 근무를 해야 하므로 병원에서 휴식을 취하는 편이 효율적이지만, 무츠키는 언제나 돌아온다. 도넛을 껴안고 돌아와, 함께 아침을 먹고, 샤워를 하고, 새 와이셔츠를 갈아입고 다시 병원으로 나간다. 새로운 하루는 새롭게 시작해야 한다는 무츠키의 기본 방침이다.

"날씨가 아주 좋아."

벗은 양복을 브러시로 털면서 무츠키가 말했다.

"알아. 창문이 있는걸 뭐."

무츠키는 손길을 멈추고, 나를 힐끗 보고는 이내 명랑하게,

"새로운 도넛이 있는데, 뭘 거 같아?"

라고 물었다.

"글쎄."

"플레인 레이즌."

열어 봐, 라며 무츠키는 테이블 위에 놓인 상자를 턱으로 가리켰다. 쇼코가 전에 그랬잖아, 왜 건포도가 든 도넛은 시나몬 맛밖에 없느냐고. 건포도는 좋아하지만 시나몬은 싫어한다고. 그거 플레인이니까 틀림없이 마음에 들 거야.

"무츠키."

참을 수 없어 나는 말을 가로막았다. 이 사람은 어째서 이렇게 선량한 것일까. 마음속으로, 이제 그만하라고 부탁했지만, 무츠키에게는 들리지 않은 모양이었다.

"확인했어, 빵가게 점원에게. 그랬더니, 친절하기도 하지, 시식을 해 보라……."

"이제 됐어."

돌아오자마자 도넛 얘기뿐. 속이 다 쓰릴 것 같다.

"쇼코?"

왜 화를 내는 거야? 라고 무츠키가 물었다. 무츠키는 어떤 일에든 원인과 결과가 있다고 믿는 사람이다.

"화 안 났어. 그냥 배가 아직 안 고파서, 도넛 먹고 싶지 않아. 자기는 야근하느라 피곤할 텐데, 굳이 집에 오지 않아도 되는 걸 그랬어."

나는 일방적으로 지껄여 대고는, 낮잠을 자겠노라 말하고 침대로 돌아갔다. 그리고 시트를 둘둘 말고 몸을 웅크리고 울었다. 내가 나 스스로를 컨트롤하지 못한다. 소리 죽여 우느라, 목과 눈과 코가 시큰시큰 아프고 뜨겁고, 울음을 삼킬 때마다 고통스러워 엉망진창이 되었다. 잠시 후에 문이 빼꼼 열리고, 다녀올게, 하는 무츠키의 목소리가 들렸다.

그렇게 울기만 하면 어떻게 아니, 라고 수화기 저편에서 미즈호가 말했다. 무슨 일이야? 무츠키 씨 옆에 있어?

"……없어."

훌쩍거리면서 대답한다. 무츠키는, 흑, 병원. 어제는, 야근, 흑흑, 이었어. 흑흑흑, 으윽, 흑.

"왜 그렇게 우는 거야?"

"무츠키, 어제 야근이었는데……."

나는 또 훌쩍거렸다.

"그건 알겠는데. 그래서 어쨌냐니까?"

"……그뿐이야."

"쇼코?"

나는 수화기에다 대고 울음을 왕 터뜨렸다. 왜 울고 있는지 나도 몰랐다.

"목욕 하면서 위스키를 마셨어. 무츠키는 전화도 해 주지 않고, 야근할 때는 항상 전화해 줬는데. 도넛 사 가지고 왔어, 그런데 내가 심술궂게 대했어. 그러고 싶지 않았는데, 그런데."

좀 진정해, 하고 미즈호가 말했다.

"너 투정 부리는 거니?"

"아니……."

"아니긴 뭐가 아니야."

야근하면 항상 전화도 걸어 주고 도넛도 사다 주었는데, 어제는 전화도 도넛도 없어서, 그래서 화가 난 거지.

"아니라니까. 도넛은 사 왔어."

그런 거 아무려면 어떠니, 라고 미즈호는 한숨을 쉬면서 말했다.

"아이라도 낳지 그래."

"무슨 소리야, 그거?"

"아이가 생기면 차분해져. 나도 우리 남편 출장 가면 혼자 외로웠는데, 유타가 태어나고부터는 전혀 아무렇지도 않은걸 뭐."

"그런 게 아냐."

"그런 거야."

미즈호는 단언했다.

"그렇게 정서가 불안정해서야, 친정어머니가 어떻게 안심을 하시겠니. 무츠키 씨도 불쌍하고."

"아니 그게……."

"뭣 때문에 결혼한 거야?"

"……."

……애를 낳기 위해서가 아니야. 나는 간신히 반박했다.

"그야 당연히 그렇지."

미즈호가 무슨 말을 하는데, 나는 그대로 전화를 끊고 말았다. 미즈호는 모른다. 미즈호는 모르는 것이다. 나는 어째야 좋을지를 몰랐다. 그렇게 정서가 불안정해서야 친정어머니가 어떻게 안심을 하시겠니. 무츠키 씨도 불쌍하고. 뭣 때문에 결혼한 거야.

오랜만이군요, 하며 그 사람은 싱긋 웃었다. 이마가 넓고 구릿빛 피부에는 주름이 자글자글 새겨져 있어 전체적인 인상이 문어를 닮았다. 구깃구깃 구겨진 가운도 예전이나 다름없었다.

"건강해 보이는군요. 그런데 무슨 일이죠? 상담인가요?"

내가 아무 말도 하지 않자,

"얘기해 봐요."

하며 몇 번이나 고개를 끄덕여 보인다. 이 사람은, 내가 결혼하기 전에 죽 다녔던 정신과의 담당 의사다.

"어때요, 신혼 생활은?"

잘해 나가고 있어요, 라고 나는 대답했다.

"그것 잘 됐군요. 부모님도 이제 안심이겠죠."

"그런데."

그런데, 다음 말이 이어지지 않아 나는 입을 다물었다. 결혼을 하면, 어째서 부모는 안심일까.

"그런데?"

"그런데, 짜증스럽고, 슬퍼지고 화가 나고, 그런 건 여전해요. 요즘 특히 심해져서, 그리고 아주……."

아주 뭐죠? 라고 의사가 물었다. 이 사람의 유도 질문은 너무 직업적이라, 나는 도리어 우습게 생각한다.

"기분이 잔혹해져요."

"예를 들면?"

예를 들면, 이라 말하고 나는 설명한다. 오늘 아침의 심술궂음과 어제의 빈정거림과 엊그제의 악담. 설명하면서, 이런 말 해 봐야 아무 소용 없을 것이라고 생각했다.

문어를 닮은 그 의사는 내가 하는 말 한마디마다 열심히 듣고 고개를 끄덕이고 때로, 허어 그렇군요, 라며 해도 그만 안 해도 그만인 맞장구를 친다.

"남편에 대해서 그렇단 말인가요?"

나는 고개를 끄덕였다.

"흐음."

그 사람은 팔짱을 끼고 생각하는 표정을 짓는다. 그러나 나는, 그게 포즈라는 것을 알고 있다. 생각하는 척하고 있는 것이다. 늘 그렇다. 그가 할 말을 내가 이미 알고 있다는 게 그 증거다. 늘 정해져 있다. 우선 파안대소를 한 다음, 깨우치듯 말한다. 괜찮아요, 걱정할 것 없어요, 흔히 있는 일입니다.

"괜찮아요, 걱정할 것 없어요. 갑자기 환경이 바뀌어서 불안정해진 겁니다. 흔히 있는 일이에요."

그는 히죽 웃으며 말했다. 역시. 나는 완전히 실망하고 말았다. 결혼하면 정서가 불안정한 증세도 낫는다고 한 주제에, 이 무슨 모순인가.

“밤에 잠을 못 자는 일은?”

“없어요.”

“식욕은?”

“보통이에요.”

알았어요, 그럼, 이라고 문어 의사는 말했다. 정신 안정제도 식욕 증진제도 필요 없겠군요. 무죄방면입니다. 나머지는 뭐, 하루라도 빨리 아이를 만들 것.

정신과 의사 따위, 하고 나는 생각했다. 역으로 이어지는 가로수 길은 물에 젖은 것처럼 녹음이 싱그럽고, 상쾌한 바람이 불었다. 정신과 의사 따위, 어차피 그런 거다. 그 의사가 나쁜 게 아니다. 아무도 어쩔 수 없는 일이다. 나는 전철 표를 샀다. 정신이란 과연 어디에 있는 것일까. 자기 자신도 보지 못하는데, 의사라고 치료할 방법이 있을 리 없다. 발차 시각 안내판을 올려다보면서 역무원에게 전철 표를 건넨다. 가위질을 하는 상큼한 소리. 그리고, 나는 좋은 생각이 났다. 좋은 사람, 이라고 해야 할지도 모르겠다. 카지베 씨는 뇌과 의사다. 정신이란 추상적인 것이 아니라, 뇌라는 구체적인 것을 치료하는 의사다.

그 병원은 크고, 정원에는 열대 식물이 서 있었다. 안내된 방은 좁고, 하얀 접이식 커튼이 그 답답함을 강조하듯 방을 가르고 있었다.

"그렇다면 병원 순례를 한 셈이네요."

하며 카지베 씨는 미소 지었다. 창밖에서는 이미 해가 기울어 가고, 환자들이 정원을 가로지르며 산책하고 있었다. 네에. 고개를 끄덕이며 까마귀가 나는 하늘을 멍하니 쳐다보고 있는데, 사실은, 이라고 카지베 씨가 말했다.

"사실은 나, 닭고기를 싫어합니다."

나는 움찔 놀라 카지베 씨의 창백한 얼굴을 쳐다보았다. 선이 가늘고 단정한 얼굴.

"처음 댁을 찾아갔을 때, 프라이드치킨이 있었잖아요. 어떻게 먹을 수 있었는지, 나 자신도 신기할 정돕니다."

"……네에."

이 사람, 내 얘기를 듣고 있는 거야? 하고 나는 생각했다.

"처음 만나는 여자 앞에서, 그런 식으로 마음이 편했던 것도 처음이고요."

마음이 편했다.

"이거, 심리 요법인가요?"

"이거라니, 뭐 말인가요?"

"흔히들 하잖아요. 언뜻 맥락이 없는 얘기 같으면서 실은 상대방의 심층 심리를……."

카지베 씨는 재미있다는 표정으로 미소 지었다.

"유감스럽게도."

유감스럽게도 그건 뇌과 의사의 영역 밖입니다. 심리 요법은 해 드릴 수 없지만, 이라며 카지베 씨는 서랍을 열고,

"약을 지어 드리죠."

라고 말하고 검은 깡통을 꺼냈다. 알사탕이 든 깡통이었다.

내민 나의 손바닥 위에 알사탕이 다섯 개 올려졌다. 빨강과 초록과 오렌지색, 밀가루를 묻힌 것처럼 뿌연 동그란 알사탕이다. 나는 잠자코 알사탕을 받았다. 창문으로 살랑살랑 바람이 불어 들어와, 벽에 걸린 달력이 약간 흔들렸다.

집에 돌아왔는데, 미즈호가 있었다.

"어디 갔다 온 거야?"

걱정했잖아, 라고 그녀는 말했다. 무츠키도 이미 돌아와,

크래커에 버터를 바르고 있었다.

"얘기해 봐."

미즈호는 화가 나 있었다. 소파에는 유타가 잠들어 있었다.

"병원에 다녀왔어. 맛있는 약 받아 왔으니까, 나눠 줄게."

"뭐라고?"

미즈호가 소리를 꽥 질렀다.

"약 같은 거 필요 없어. 그 전화 대체 뭐였냐고. 사람을 이렇게 걱정하게 만들어 놓고."

"미안해."

내가 사과하자, 옆에 있던 무츠키도 한 손을 들고 절하는 자세로, 늘 미안하군요, 라고 말했다.

"아니, 잠깐만요. 왜 무츠키 씨가 그쪽에 붙는 거죠?"

그쪽에 붙는다는 어린애 싸움 같은 표현이 재미있어서, 나는 그만 웃고 말았다.

"웃을 일이 아니야."

"미안."

내가 다시 한번 사과하자, 미즈호는 냉장고를 열고 복숭아 주스 캔을 꺼내 꿀꺽꿀꺽 마셨다.

“나 혼자 바보짓을 한 거니? 어이가 없네. 무츠키 씨도 조금은 화를 내야죠.”

무츠키는 정어리 통조림 캔을 따면서 웃고, 늘 그러니까요, 라고 말한다. 미즈호는 신나게 불평을 늘어놓고는, 버터 크래커에 정어리를 올려놓고 아작아작 먹고, 복숭아 주스를 세 캔이나 마시고 돌아갔다. 현관문을 닫는 순간까지 화를 내고 어이없어하면서.

저녁은 도넛으로 때우자고 했더니 무츠키는 솔직하게, 별로 달갑지 않은데, 라고 대답하고서도 금방 커피를 끓여주었다. 나는 접시와 나이프와 포크를 가지런히 놓고, 커피가 다 끓기를 기다리면서 카지베 씨에게 갔던 일을 보고했다. 무츠키는 뜻밖이라는 표정이었다.

“카지베 씨를?”

나는 그런 표정을 짓는 무츠키가 오히려 뜻밖이었다.

“그래. 뇌과 의사가 나을 것 같아서.”

“전혀 그렇지 않아.”

퉁명스러운 말투라 나는 몹시 놀랐다.

“화났어?”

무츠키는 단박에 평소의 말투로 돌아와, 그런 게 아니라고 말한다.

“그래서, 어떤 진단이 나왔는데?”

“영역 밖이래.”

무츠키는 천천히 헛기침을 하면서, 나도 의사인데 말이야, 하고 말했다.

“안 돼.”

나는 고개를 숙였다. 무츠키는 안 된다. 아무런 결과도 얻을 수 없다. 나는 점점 더 무츠키에게 의지하게 될 것이다. 내가 아무 말이 없자, 무츠키는, 나 환자들한테 꽤 인기 있는데, 라며 웃는다. 그 무츠키답지 않은 평범한 농담이 너무도 부자연스러워, 나의 가슴이 주글주글해졌다.

“선량하다고 다 되는 게 아니야.”

자기 말에 돋친 가시에 놀라, 나는 황망하게 도넛을 입안 가득 물었다.

“주치의 실격이란 말이지.”

커피를 따르면서 무츠키가 말했다. 나는 도넛을 입에다 꾸역꾸역 집어넣는다. 엷은 커피는 뜨겁고, 건포도는 부드럽고 달콤하다. 기름과 설탕 맛이 나, 나는 또 울고 싶어졌다.

6 — 낮달

요즘 쇼코는 내내 울 상태다. 험악한 표정으로 입을 꾹 다문 채, 한 군데만 쳐다보고 꼼짝하지 않는다. 유난히 도전적인 말을 내뱉는가 하면, 사소한 일로 눈물을 머금고 애절하게 나를 가만히 쳐다본다. 누구에게든, 정신의 파도랄까 리듬이랄까 그런 기복은 있는 법이고, 다만 쇼코는 그게 남보다 좀 심할 뿐이라고 나는 생각한다. 괜한 걱정을 하거나 소란을 떨지 않는 편이 낫다고 생각해 왔고, 있는 그대로의 쇼코가 좋기도 했다. 그러나, 그렇다고 이렇게 가만히 놔두어도 좋은 것인가, 하고 생각한다. 이전의 주치의를 찾아가기도 하고, 키지베 씨한테까지 찾아가면서 어떻게든 사태를 호전시켜 보려는 쇼코의 마음이, 나로서는 무척 안쓰러웠다. 그녀는 언제든 혼자서 싸우고 있다.

무슨 생각해, 하고 곤이 물었다. 나는 곤의 침대 안에 있다. 조그맣고, 매트리스도 형편없고, 줄무늬 시트가 덮여 있는 곤의 침대.

"맞춰 볼까?"

바닥에서 윗몸을 굽히고, 발톱을 깎으면서 곤이 말한다.

"어머니 때문이지?"

저녁밥 먹을 때 그랬잖아. 오늘 병원에 어머니가 찾아왔다고.

"땡."

머리맡의 자명종 시계는 새벽 한 시를 가리키고 있었다. 이 시계는 글자판이 거대하고 벨 소리도 요란하다. 시계 옆에는 조그만 전기스탠드와 조그만 선인장 화분이 있다.

"쓸데없는 생각까지 일깨우지 마."

쇼코 생각하고 있었어, 라고 나는 말했다.

"점점 더 심해지고 있어."

"그야, 자기 남편이 이런 데서 바람을 피우고 있는데, 어떻게 마음 편히 있을 수 있겠어."

발톱이 담긴 화장지를 돌돌 뭉치면서 곤이 태연하게 말한다. 나는 곤의 곧바른 등뼈를 바라보면서, 비비 틀린 모양으로 이불 위에 뭉쳐져 있는 티셔츠를 던졌다. 곤은 햇볕에 탄 자기 피부와 가늘고 긴 손발의 효과를 숙지하고 있다.

"입어. 감기 걸리겠어."

블라인드 사이로 새어드는 달빛을 받으며 곤이 쓱 일어났다. 바닥에 줄무늬 사람 그림자가 길게 드리운다.

"미안하지만, 나는 알몸이 좋아."

샤워를 하면서 나는 오늘 낮, 병원을 찾아온 어머니의 얼굴을 떠올렸다. 소름 끼치도록 심각한 표정이었다.

"성공률도 굉장히 높다잖니."

왜 그렇게 주저하는지, 이유가 있으면 설명해 주어야 우리도 수긍이 갈 것 아니냐. 어머니는 인공 수정의 확률과 안전성에 대해 말하고, 가족 사이에서 아이의 역할이 얼마나 중대하며, 아이만이 가져다줄 수 있는 행복을 하나하나 늘어놓으며 열변을 토했다.

"사돈댁에서도 목이 빠져라 기다리고 있을 것 아니냐."

어머니는 그렇게 말하고 연극적인 한숨을 쉬고는, 테이블에 놓인 제떡이를 쳐다보았다.

"네가 쇼코한테서 여자로서의 행복을 빼앗았다고 생각하면, 이 어미는 괴롭다."

그쪽에서 알게 되면, 그야말로 이혼하자는 소리가 나올

수도 있어.

“어머니.”

나는 어머니를 마주하고 앉아, 똑바로 어머니의 얼굴을 쳐다보았다. 거무죽죽한 피부, 가지런히 뽑아 정리한 눈썹, 빨간 립스틱을 칠한 얇은 입술, 오른쪽 눈 아래 조그만 점.

“아직은 자신이 없어요.”

라고 나는 말했다.

“나나 쇼코나, 아이를 키울 만한 자신이 없습니다.”

어머니의 얼굴에, 묘하게도 만족스러운 반가움이 퍼진다.

“그 때문에 우리가 있는 것 아니냐.”

우리가 할 수 있는 일은 최대한 다 하마, 하며 어머니는 느긋하게 미소 지었다.

“괜찮다. 처음에는 누구든 자신 없어하는 법이야.”

어머니의 몸에서 늘 맡던 향수 냄새가 풍겨, 나는 마음 속으로 소름이 끼쳤다.

샤워를 하고 나오자, 곤은 주서기를 돌리고 있었다. 이 녀석의 영양원, 계란 노른자를 넣은 채소 주스다.

“윤활유, 어땠어?”

곤이 묻는다. 윤활유. 남자들끼리 행위를 할 때 사용하는 크림을 우리는 그렇게 부른다. 곤이 사 온 새 크림은 민트와 라임 향이 나는 것으로, 우리는 늘 향이 없는 것을 사용했던 터라, 나는 냄새나는 것은(특히 민트 향은 몸에 밸 것 같아서) 싫다고 시작하기 전에 말했다. 하지만 식물성이라서 피부에 좋다고 쓰여 있다고 곤이 말해서 시험 삼아 사용해 본 것이다.

"그런대로 나쁘진 않았지?"

그래. 나는 대답하고 냉장고에서 생수를 꺼내 마신다. 쇼코는 오늘 친정에 갔다. 오랜만에 곤의 집에 가서 자고 오라고 먼저 말을 꺼낸 것은 쇼코였다. 나는 친정에서 자고 올 테니까. 대환영일 거야. 외동딸의 특권.

"이번에는 또 무슨 생각을 하고 있는 거야?"

아무것도, 라고 대답했지만, 곤은 의심스럽다는 듯이 피식 웃고는, 글쎄 그럴까, 하고 말했다.

"무츠키, 쇼코 씨 안아 보지 그래?"

넌지시 내뱉는 말투였지만, 목소리에는 진심이 담겨 있었다. 나는 당황했고, 그리고 왠지 모르게 화가 났다.

"그런 말 가볍게 하지 마."

불쌍하잖아, 라고 곤이 말했다.

“나는 전혀 상관 안 하니까. 삼류 소설 속 주인공들처럼, 여자가 더럽다고는 생각지 않으니까 말이지.”

끈적한 녹색 액체를 컵에 따르고, 곤은 진지한 눈빛으로 나를 본다.

“해 본 적, 없지?”

이제 그만해, 라고 말하고서 생수를 꿀꺽꿀꺽 마셨지만, 끔찍하도록 아무 맛이 없었다.

“술 같은 거 있어?”

“술? 오래전에 마시다 만 진이 반병 정도 남아 있을 것 같은데.”

비디오라도 볼래, 라며 곤은 테이프를 뒤적거리다, B급 미국 액션물을 골랐다.

“이 영화, 카 체이스 장면이 제법 멋있어.”

진이라. 퀴멜이 있으면 좋겠다고 생각하고, 그런 생각을 하는 자신에게 놀랐다. 퀴멜이란 술은, 바로 얼마 전까지만 해도 이름조차 몰랐던 술이다.

결국 곤은 채소 주스를 나는 진 언더록을 마시면서, 그 소란스러운 영화를 보았다. 그야말로 곤이 좋아할 법한, 황당무계하고 피 튀기는 액션물이었다.

곤의 방을 나선 것은 새벽 4시였다. 이 시간이면 도로도 한산할 테고 5시 전에는 집에 도착해, 여유롭게 목욕을 하고, 아침밥도 챙겨 먹고, 정상적인 하루를 시작할 수 있다. 설사 오늘처럼 아무 예정 없는 토요일이라도, 하루는 역시 빈틈없이 시작하고 싶다.

밖은 날이 밝기 시작하는 때의 애매한 회색이었다. 달과 별은 점차 빛을 잃어 희미하게 하늘에 들러붙어 있고, 가로등도 거북스러운 빛을 발하고 있다. 이른 아침의 드라이브는 학생 시절을 생각나게 한다. 나는 매일 밤을 곤의 방에서 지냈고, 세상 사람들이 자는 시간에 집으로 돌아왔다. 밝아오는 하늘에 멀겋게 떠 있는 달을, 이런 식으로 늘 고속도로 가드레일 너머로 보았다. 드문드문 녹색 비상 전화 표시판, 출구를 가리키는 화살 표시. 이렇게 달리니, 그 시절로 돌아간 듯한 기분이 든다.

현관문을 열고 구두를 벗고 안으로 들어갔는데, 거실 바로 왼쪽에 쇼코가 덩그러니 앉아 있었다.

"으악."

화들짝 놀라 소리를 질렀는데, 쇼코는 표정 하나 변하지 않았다. 울어 퉁퉁 부은 얼굴이다. 불도 하나 켜 놓지 않았다.

"나 왔어."

어서 와, 라고 쇼코가 말했다. 무표정하게 벽에 걸린 세잔을 응시한 채 꼼짝도 하지 않는다.

"친정에, 안 갔었어?"

"갔다가, 그냥 돌아왔어."

또 울 상태군. 표정도 상당히 절박하고, 라고 생각했다. 쇼코 주위에만, 공기가 무겁게 고여 있었다.

"밤새도록 거기 그렇게 앉아 있었어?"

"보라 아저씨에게 노래 불러 줬어. 그랬더니 아저씨도, 답례로 불러 주겠다기에, 그래서 기다리고 있는데, 하나도 안 불러 줘."

나는 소스라쳐, 손끝으로 피가 줄줄 새어 나가는 것 같았다.

"쇼코?"

쇼코는 여전히 한 점을 응시한 채 미동도 하지 않는다. 나는 머릿속으로 이런저런 방법을 생각했다. 잠을 자게 할까, 얘기를 나눌까, 아니면 목욕을 시킬까, 우유라도 데워다 줄까.

"농담이야."

그렇게 말하는 쇼코는 전혀 웃고 있지 않았다.

"아저씨는 그냥 그림인 걸 뭐. 어떻게 노래를 부르겠어."

얼이 빠져 멍한 나 따위는 보이지도 않는다는 듯, 쇼코는 일어나 베란다로 나갔다.

"아직도 별이 떠 있네."

망원경을 꺼내 들여다본다. 하얗고, 거짓말 같고 가냘프고, 라고 쇼코가 말했다.

"볼품없다, 달도 별도."

대체 뭐가 어떻게 된 것인지 나는 영문을 몰라, 일단 양복을 벗고 손을 씻은 다음 커피를 끓였다. 쇼코는 아직도 망원경을 들여다보고 있다. 먼지를 털어 구두를 신발장에 집어넣고, 벗은 양복은 솔질해서 벽장에 넣는다. 컵에 커피를 따르고 베란다 쪽을 보자, 쇼코는 여전히 몸을 구부리고 있다.

"쇼코."

말을 걸었지만 대답이 없다. 그런 자세로 용게 허리가 안 아픈 모양이라고 생각하면서 상황을 살피러 나가보니, 이른 아침의 베란다는 5월인데도 상당히 추웠다.

쇼코는 한쪽 눈을 망원경에 갖다 댄 채, 소리도 내지 않고 눈물을 흘리고 있었다. 훌쩍거리지도 않아, 그 광경은 괴이할 정도의 긴박감을 띠고 있었다.

"쇼코?!"

뒤에서 껴안아 망원경에서 몸을 떼어 내려 했지만, 헛수고였다. 몸을 바짝 웅크리고, 어린애처럼 고집스럽게 망원경에 매달려 있다. 그렇게 힘을 주는 바람에, 흑흑, 오열이 터지고,

"지금 이대로가 좋아."

눈물 속에서, 쇼코가 작은 소리로 고통스럽게 말했다. 오열은 단박에 통곡이 되고, 정신없이 우느라 저항하지 못하는 쇼코를 억지로 끌고 방으로 들어갔다. 왜 그러는 거야, 라느니, 제발 그만 좀 울어, 라고 힘없이 말해 보았지만 아무런 반응도 없다. 나는 커피를 한 모금 마시고 마음을 가라앉힌 후, 아주 부드럽게,

"설명해 봐."

라고 말했다. 쇼코는 흠칫 놀라 울음을 그치고, 얼굴을 들어 나를 쏘아보았다.

"나한테 의사 선생님 같은 말투로 말하지 마."

적의에 찬 눈길이었다.

"나는 무츠키의 환자가 아니야."

쇼코는 내 컵을 빼앗아, 한 컵 가득한 아메리칸 커피를 단숨에 마셨다.

"아까도 그랬지."

손등으로 쓱 입술을 닦고, 울분을 참을 수 없다는 표정으로 쇼코는 말했다.

"무츠키는 나를 정신병 환자라 여기는 거지. 아저씨의 노래를 기다리고 있다니, 내가 이상해진 거라고 생각했지?"

사실은 그런 게 아닌데, 하면서 쇼코는 또 울음을 터뜨렸다. 무츠키는 아무것도 몰라. 사실은 전혀 그렇지 않단 말이야. 쇼코는 그렇게 호소하면서 엉엉거리고, 말이 제대로 이어지지 않는 답답함에 흥분해서, 점점 비극적인 모습이 된다. 알았어, 알았다니까, 라고 말하고 나는 그녀 옆에 쭈그리고 앉아 쇼코가 울음을 그치기를 기다렸다.

"목욕물 받아 놓을게. 몸 따뜻하게 녹이고, 그리고 아침 밥 먹자."

나는 쇼코가 목욕을 하는 동안 아침 식사를 준비했다. 처음에는 쇼코가 좋아하는 핫케이크로 하려다가, 괜히 또 '환자 취급' 한다고 투덜거릴 것 같아 치즈 토스트와 샐러드를 준비하기로 하였다. 알코올 함유량 2퍼센트 미만인 어린이용 샴페인을 냉동고에 넣어 급히 시원하게 한다. 외국 호텔에는 흔히 아침 메뉴에 샴페인이 들어 있는데, 언젠가 그 흉내를 내어 보았더니 쇼코가 좋아해서 그 후로는 아침에 간혹 샴페인을 마신다.

쇼코는 두 시간이나 목욕을 했다. 원래 목욕 시간이 긴데, 그녀의 건강과 목욕 시간은 정확하게 반비례한다. 우울하면 그럴수록 목욕 시간이 길어지는 것이다. 욕실에서 나온 쇼코는 다행히 꽤 안정돼 있었다. 하얀 티셔츠에 색 바랜 청바지를 입고, 머리를 닦으면서 나와 소파에 풀썩 앉는다. 샴페인 머들러로 가볍게 거품을 일군 투명한 금색 액체를 내밀자, 조용히 한 모금 마시고는, 전혀 감정이 담겨 있지 않은 말투로 맛있네, 하고 말했다.

"장모님, 잘 계셔?"

그냥 인사치레로 물었는데, 쇼코는 금방 눈썹을 찡그리고 몸을 긴장한다.

"잘 계셔."

"장인어른도 계셨어?"

쇼코는 노골적인 항의의 눈으로 나를 보았다.

"아버지도 엄마도 있었고, 둘 다 잘 계셨어. 나나코하고 누에콩도 있었고, 역시 잘 있었고."

이 이야기는 더 이상 하고 싶지 않다, 는 강한 의사 표시다.

"그래."

나는 얌전하게 물러났다. 나나코와 누에콩은 장인이 귀여워하는 문조의 이름이다.

"어젯밤, 무츠키 어머니한테서 전화가 왔었어."

눈높이로 치켜든 치즈 토스트를 빤히 쏘아보면서, 말이 나온 김에 묻는다는 식으로 쇼코는 말했다.

"왜 전화했을 거 같아?"

어머니가? 이번에는 내가 긴장할 차례였다. 그러나 얘기는 거기서 끊기고, 쇼코는 샴페인을 마셔 토스트를 삼키고는,

"곤 얘기해 봐."

라고 말했다.

"곤이랑 싸웠을 때 얘기."

싸움이라. 너무 많이 해서. 내가 말하자 쇼코는 또렷한 말투로, 제일 심하게 싸웠을 때 얘기, 라고 지정했다. 제일

심하게 싸웠을 때라.

곤이 중학생이었을 땐데, 라고 나는 말을 꺼냈다. 곤을 좋아하는 여학생이 있었는데, 나한테 의논을 하러 온 거야. 그 시절 집도 바로 옆인 데다, 곤이 나를 굉장히 따랐었거든. 할 수 없어서 데이트 날짜를 정하고, 나를 봐서라도 그 여자애랑 하루만 좀 같이 지내라고 부탁했는데, 곤이 워낙에 그런 놈이잖아, 만나고 싶지 않다면서 통 말을 듣지 않는 거야, 그래서 나도 같이 가겠다고 했더니 그제야 마지못해 엉덩이를 들었지. 하지만 그렇다고 남이 데이트하는 데 따라갈 수는 없잖아. 그래서 만난 자리에서 갑자기 급한 볼일이 생겼다고 했더니 곤 그 녀석, 뾰로통해 가지고, 횡단보도 한가운데 떡 버티고 앉아 버리잖아. 약속 지킬 때까지 꼼짝도 하지 않을 거라면서. 사방에서 클랙슨은 빵빵거리지. 곤을 좋아한다는 그 여자애는 얼굴도 제대로 못 들고, 그야 당연하지만. 곤 그 녀석, 형편없는 떼쟁이였으니까 말이지. 약속을 안 지키다니 저질이다, 인간도 아니다, 길 한가운데서 소리까지 꽥꽥 지르고, 위험하니까 알았다고 하고서 일단 길을 건너고 내일 같이 만나자고 했더니, 갑자기 우웅 하고 곰 같은 소리를 내면서 달려드는데, 얼마나 놀랐는지. 고작 중학생인 주제에 힘이 세서 도저히 당해 낼 수가 없었어. 결국 진짜 치고받고 싸우다가 경찰에 붙들려 갔다니까. 하지만 지금 생각하면, 제일 안됐던 건 역시 그 여자애야. 경찰서에서도 내내 울고만 있었으니.

"최악의 실연이네."

쇼코는 마치 자기 일이라도 되듯 애절하게 말하고, 그거, 무츠키하고 곤이 그런 관계가 된 다음 일이야, 하고 물었다.

"바로 그러기 전."

그랬구나, 하고 말하는 쇼코의 눈빛이 마치 자신의 먼 추억이라도 더듬듯 아련했다.

"역사가 있네. 무츠키하고 곤 사이에는."

나는 어떻게 대답해야 좋을지 몰라, 치즈 토스트를 와작와작 씹었다.

"나, 곤이 좋아."

당돌한 결론을 내리고 쇼코는 어린이용 샴페인을 제 손으로 따랐다. 내가 휘저어 주기를 기다려, 찬찬히 입에 갖다 댄다.

"곤이 무츠키 아기 낳아 주면 좋을 텐데."

어처구니없는 말에 나는 할 말을 잃었다. 그리고 금방 어머니한테서 걸려 왔다는 전화의 내용을 짐작했다.

"어머니가 한 말, 신경 안 써도 돼."

쇼코의 표정이 점점 절박해진다.

"지난번에 미즈호도 아기 낳으라고 그랬어. 아주 당연한 거라고. 문어 의사도 그랬고. 하지만 그런 말은 결혼할 때도 했어. 정말 다들 이상해."

왜 모두들, 아기 아기 하는 건지.

예상과는 달리, 쇼코는 울지 않았다.

"나는 지금 이대로가 좋아."

지금 이대로 그냥 지내도 돼, 라고 나는 말했다. 하지만 어제 엄마가, 내 멋대로 그럴 수는 없다고 했어. 그럼 사위한테 미안하다고. 사돈어른들한테도 죄송하다고.

"그렇지 않아."

라고 말해 보았지만, 쇼코는 이미 내 말을 듣고 있지 않았다.

"그래서 엄마랑 말다툼해서, 자지도 않고 그냥 돌아왔더니, 9시쯤에 자기 엄마한테서 전화가 온 거야. 카키이 씨와 인공 수정에 관해서 의논해 보면 어떻겠냐고."

쇼코는 정말이지 난감해 죽겠다는 표정으로, 다들 어떻

게 된 것 같아, 라고 말했다.

"왜 지금 이대로 지내면 안 되는 거야. 그냥 이대로 지내도 이렇게 자연스러운데."

그냥 이대로 지내도 이렇게 자연스러운데. 자연이란 말의 정의는 차치하고, 당당하게 그렇게 말한 쇼코 때문에 나는 가슴이 메고 말았다.

쇼코는 다 먹은 그릇을 포개고, 낮잠 잘 거야, 하면서 일어났다. 무츠키도 잘 거면, 시트에 다림질해 두고.

"그러지. 같이 낮잠이나 잘까."

나는 그릇을 싱크대로 옮긴다.

"하지만 다림질은 안 해도 돼. 벌써 날이 더우니까."

시트에 다림질을 하는 것은 겨울 동안의 습관이다. 대답이 없어서 나는 수돗물을 잠그고, 다림질은 안 해도 된다고 큰 소리로 다시 한번 말했다. 역시 대답이 없다. 돌아보니, 쇼코는 부엌 구석에 서 있었다.

"아니, 거기 서 있었어?"

"다림질하는 게 내 일이라고 했잖아."

절박한 표정으로 쇼코가 말한다.

"더우면, 식을 때까지 기다렸다가 자면 되잖아."

매끈한 시트, 좋아하잖아?

"……음. 그러지 뭐."

나는 고개를 끄덕였다. 너무 필사적인 얼굴이라, 수긍하는 외에 달리 방법이 없었다. 아까까지는 그렇게 당당하던 옆얼굴이 볼품없이 일그러져 있다. 하얗고, 조그맣고, 연약하다. 다림질을 하러 침실로 들어가는 쇼코의 뒷모습을 보면서, 그녀를 궁지에 몰아넣고 있는 것은 바로 나라고 생각했다. 너무 슬펐다.

7 물의 우리

몇 년 만에 와 보는 놀이공원일까. 나는 매표소 옆에 서서 미즈호가 오길 기다리며, 주위에 있는 가족들, 쌍쌍의 연인들, 재잘거리는 여자애들을 멍하니 바라보았다. 무츠키도 같이 오기로 했는데, 오늘 아침 일찍 핸드폰이 울려 서둘러 출근하고 말았다.

무츠키는 내과 의사라서 핸드폰이 울리는 일은 그리 흔치 않다. 교통사고나 급성 맹장염 등, 시각을 다투는 환자들은 우선적으로 외과 의사를 필요로 한다. 무츠키의 핸드폰은 대개 입원해 있는 환자의 상태가 갑자기 악화된 경우에 울린다. 주로 노인 병동을 담당하고 있는 무츠키에게 그것은 환자의 죽음을 알리는 벨 소리나 다름없다. 환자가 죽으면, 무츠키는 한동안 멍하게 지낸다. 식욕도 없어진다. 무츠키 자신은, 전문의로서 부끄러운 일이라고 하지만 나는 그렇게 생각지 않는다. 반대로 그 환자를 나무라고 싶은 기분이 든다. 그렇게 선량한 무츠키를 슬프게 만들다니. 물론 잘못된 일이지만, 나는 그 옛날의 불량소녀들처럼 그 사람(의 혼)을 체육관 뒤로 불러내어 슬쩍 쏘아붙이고 싶은 기분마저 든다. 죽고 싶으면 너 혼자서 죽어, 무츠키까지 끌어들이지 말고.

아무튼 무츠키가 같이 갈 수 없게 된 이상 놀이공원에 가기가 귀찮았다. 나도 가지 않으려고 했지만, 미즈호 씨에게 미안해서 안 된다고 무츠키가 빌듯이 말하길래 어영부영 오고 만 것이다. 친정엄마와 시어머니 일로 속이 부글거리기도 했고, 이런 데나 오면 기분 전환이 될지도 모르겠다고 생각했다. 그리고 지금 나는 매표소 옆에 서서, 이런 곳에 온 자신의 행동을 후회하고 있다. 울타리 너머로 보이는 놀이공원은 미련스러우리만큼 넓고 알록달록하고, 스피커에서 흘러나오는 발랄한 음악의 부자연스러움에 내 기분은 점점 무거워지고 있었다.

"쇼코."

유독 귀에 익은 목소리가 들려, 돌아보니 하네기가 서 있었다.

"오랜만이다."

청바지에 폴로셔츠, 그 위에 줄무늬 재킷을 걸친 키다리 하네기 옆에, 난감한 표정으로 미즈호가 서 있다.

"저기서 우연히 만났어. 모처럼 왔으니까 같이 지내면 좋겠다 싶어서."

이런 곳에 우연히 혼자 오는 사람이 과연 있을까.

"안녕하세요."

묘하게 인삿말만 예의 바르게 하는 유타가, 주변 분위기나 타이밍을 싹 무시한 채 큰 소리로 말한다.

대답할 때까지 집요하게 큰 소리를 지르는 그 무방비한 자신감에 나는 치를 떤다. 할 수 없이 인사를 받자, 유타는 재빨리 내 오른손을 쥐었다.

"여전하구나."

이유도 없이 눈을 약간 내리깔고 하네기는 슬쩍 말했다. 앞 머리칼이 살랑살랑 흔들리고, 수심에 찬 이마가 보인다. 나는 이 사람의 이마에 진 주름을 무척이나 좋아했던 시절이 있었다.

"몸은 여기 있는데, 마음은 어디 다른 곳을 여행하고 있는 듯한, 위태로운 느낌, 여전해."

"……너도 전혀 변함없구나."

무슨 소리를 하는 건지 알 수 없는 부분이, 라고 말하고 싶은 것을 참고, 나는 미즈호에게 어쩔 작정으로란 뜻의 시선을 던졌다.

"결혼했다면서."

그렇게 말한 하네기의 구두를 보고, 나도 모르게 피식 웃고 만다. 정말 변함없다. 목이 짧은 검은 가죽 부츠. 이 사람은 언제나 이 구두를 신고 다녔다. 이 구두에 대해 몇 번이나 언질을 주었지만, 하네기는 고집스럽게 듣지 않았다. 오늘만 해도, 초여름 일요일의 놀이공원에 온 차림치고는 발치만 왠지 갑갑하다.

"미나미자와 씨는?"

나는 미즈호에게 물었다. 미나미자와 씨란 미즈호의 남편이다.

"집에 있어. 피곤하대. 피곤에 절은 불쌍한 회사원."

"흐음."

우리는 입장권을 사 놀이공원에 들어갔다. 미즈호는 무츠키가 왜 오지 않았는지 묻지 않았다.

놀이공원이란 참 불가사의한 곳이다. 오고 싶지 않았던 인간마저, 끝내 경솔하게 놀고 만다. 굉장히 재미있는 것도 아닌데, 어째 체력을 완전히 소모하지 않으면 안 된다는 불문율이라도 있는 듯한, 그런 분위기다. 우리들도 차례차례 놀이 기구를 제패했다. 뜻밖에도 하네기와 유타는 서로 마음이 맞는지, 둘이서 마구 뛰어다니기도 한다.

"퇴폐적인 연극 청년인 줄 알았는데, 의외로 명랑한 사람이네."

미즈호가 말했다. 퇴폐적?! 나는 약간 놀라 미즈호의 얼굴을 보았다.

"얼마나 명랑한 사람인데."

몰랐느냐는 식으로 강하게 말이 튀어나와, 이번에는 미즈호 쪽이 놀라 내 얼굴을 보았다. 선글라스를 끼고 오렌지색 립스틱을 칠한 미즈호는 평소보다 다소 화장이 짙었다. 베이지색 모자를 깊숙이 눌러쓰고, 자외선은 인류의 적, 이라고 기염을 토하는 듯하다.

"어이."

커다란 봉제 인형 옷을 뒤집어쓴 사람을 붙들고, 유타와 하네기가 멀리서 손을 흔들며 외치고 있다. 나는 놀이공원에서 흔히 돌아다니는 그 인형 인간을 좋아하지 않는다. 우선은 삼등신이란 불균형이 마음에 들지 않고, 웃음 띤 인공

적인 얼굴도 마음에 들지 않고 뒤뚱거리는 걸음걸이도 마음에 들지 않는다. 미즈호도 같은 의견일 텐데, 라탄 숄더백에서 카메라를 꺼내더니, 손을 크게 흔들며 과감하게 그들에게로 뛰어갔다.

파라솔 아래 테이블에서 우리는 피자와 사이다로 점심을 먹었다. 놀랍게도 이 놀이공원에는 캔맥주가 없다. 철저하게 어린이들 입장에 서려는 자세가 기특하게 여겨졌다.

"이제 무슨 작당을 했는지 얘기해 줘도 좋을 텐데."

나는 옆에다 빼내 두었던 피자의 올리브 잎을 이쑤시개로 쿡쿡 쑤시면서 두 사람을 향해 말했다. 양쪽 다 대꾸가 없다. 이런 때는 역시 미즈호부터 추궁하는 편이 낫겠다 싶어, 나는 가능한 가벼운 말투로 무츠키가 오지 않는다는 거 알고 있었지, 라고 말해 보았다.

"그래서 하네기 씨를 나오라고 한 거지?"

미즈호는 아주 심각한 표정이다.

"그래."

모자도 선글라스도 벗은 상태였다. 둥그런 테이블 가로 햇빛이 반사된다.

"왜?"

뭐 어때, 라고 말한 것은 하네기였다.

"오랜만에 만났는데, 즐겁게 지내면 되잖아."

하네기는 동의를 구하듯 그렇지, 하며 유타를 보았지만 유타는 모르는 척하고 있었다. 입가가 토마토소스로 범벅이 되어 있다.

전혀 모르겠다. 석연치 않다. 미즈호에게 무슨 속셈이 있었는지, 이래서야 도무지 알 수가 없다.

"워터 슬라이드, 탈까?"

하네기가 말했다. 유타가 속도 빠른 놀이 기구는 탈 수 없기 때문에 피하고 있었는데, 사실 나는 워터 슬라이드를 가장 좋아한다. 약점이 알려진 듯해서 분한 마음에 나는 대답하지 않았다.

"타고 와."

미즈호가 말하자, 하네기는 일어나 유타에게 미소 지었다.

"넌 엄마한테 아이스크림이나 사 달라고 해."

워터 슬라이드는 바로 근처에 있었다. 피자 하우스 바로 옆이라고 해도 괜찮다. 나는 뭐야, 라고 생각했다. 치, 뭐야, 이 사람이 나더러 워터 슬라이드를 타자고 한 것은, 그게 바로 옆에 있었기 때문이잖아. 나는 묘하게도 유쾌한 기분이었다.

"기분이 이상하군, 남의 아내라니."

좌석에 앉아 안전벨트를 매면서 하네기가 말했다. 응, 하며 나는 옆자리에서 고개를 끄덕인다. 이 각도에서 보이는 하네기는 곧잘 드라이브를 시켜 주었던 옛 시절의 그였다. 자르면 좋겠다고 늘 생각했던 긴 머리, 그다지 건강해 보이지 않는 입술 색. 직원이 안전벨트를 확인하면서 바삐 옆을 지나갔다.

"어떤 사람이야? 신랑."

"자상한 사람."

그렇게 대답하고서 끔찍하도록 기분이 우울해졌다. 자상한 사람이라니, 그렇게 한마디로 가볍게 단정 짓는 듯한 말투, 전혀 다르다고 생각했다. 무츠키는 훨씬 더. 나는 난감했다. 훨씬, 의 다음 말이 이어지지 않는다. 어떤 사람이냐는 물음에, 뭐라 설명하면 좋을까.

"오랜만에 보는데, 쇼코의 미간에 지어진 주름."

요란스럽게 벨이 울리고, 덜컹 하는 가벼운 충격과 함께 차체가 움직이기 시작한다. 나는 손잡이를 잡았다.

"나쁜 짓 하는 거 아니니까, 그런 표정 짓지 마. 쇼코의 매력은 바로 분방함에 있으니까."

여전히 뚱딴지같다. 슬금슬금 위로 올라가는 긴장감과 낙하할 때의 스피드, 급커브에서 도시락에 담긴 내용물처럼 한쪽으로 밀리는 스릴과 기운차게 날아오르는 물방울. 워터 슬라이드는 정말 신난다. 손잡이가 은색으로 빛나 눈이 부셔 고개를 숙이자, 하네기의 커다란 검정 부츠가 보였다. 거의 닦은 흔적도 없고 흙먼지까지 묻어 너저분하다. 무츠키 같으면 생각할 수도 없는 일이겠지, 하고 생각했다.

떠난 자리로 차체가 다시 미끄러져 돌아오자 동시에 여기저기서 벨트를 푸는 소리가 들리고 사람들이 일어서는 혼잡한 틈에, 앞으로 또 만날 수 있겠지, 라고 하네기가 말했다.

"좋은 친구로서."

좋은 친구. 나는 대답이 궁해지고 만다. 땅으로 내려서자, 발치가 약간 흔들거렸다.

"미즈호에게 괜히 뭐라고 그러면 안 돼. 남편한테 부탁받은 일이니까."

계단을 내려오면서 하네기가 덧붙이듯 말했다. 나는 깜짝 놀라, 온몸에 소름이 끼쳤다.

"남편이라니 누구의 남편?"

미즈호와 유타가 출구에서 기다리고 있었다.

"대체 누가 누구의 남편한테 뭘 부탁받았다는 거지?"

"무츠키 씨가 나한테 부탁했어. 하네기 씨랑 같이 가 달라고."

미즈호가 말했다. 나의 사고는 뿌리째 요동쳤다.

하네기와 유타가 회전 컵을 타고 빙글빙글 도는 동안, 미즈호가 엊그제 걸려 온 전화 이야기를 했다. 무츠키가 건 말도 안 되는 전화였다. 무츠키 씨가, 난 모레 안 갈 거라고 그랬어, 라고 미즈호가 말했다.

"왜냐고 물었는데, 무츠키 씨는 그 말에는 대답하지 않고, 부탁이 있다면서, 이런 부탁 이상하게 생각할지도 모르겠지만, 쇼코 너의 옛날 남자 친구 하네기 씨를 아냐고 묻더라고."

미즈호는 화가 난 것처럼 말을 마구 늘어놓았다.

"그야 물론 알고 있지. 우리 열심히 더블데이트한 사이니까. 무츠키 씨, 하네기 씨한테 같이 가자고 해 주지 않겠느냐는 거야. 너무 놀라서, 왜냐고 물었더니, 요즘 쇼코가 불안정해서 그렇다는 거야. 그래서 난 그냥, 그러죠 뭐, 라고 동의했고, 그랬더니 무츠키 씨가 심각한 목소리로, 남자 친구가 있으면 좋을 것 같다고 그러잖아. 쇼코 너 믿을 수 있겠니? 나는 바로 부정했지, 물론. 그런데 그는 웃으면서 나만 가지고는 부족하다는 거야. 남편이 나만 가지고는 부족하다니. 그렇다고 아무 남자하고나 사귀라고 할 수도 없다고, 그런 말을 아주 심각하게 하더라니까."

나는 온몸의 피가 들끓는 것 같았다. 당장 집으로 돌아가, 무츠키를 엉망진창이 되도록 때려 주고 싶었다. 그런 생각을 하자 눈물이 흐르고, 눈을 꼭 감았더니 눈물방울이 뭉개져 굉장히 뜨거웠다. 용서할 수 없어, 하고 생각했다. 도저히 용서할 수 없어.

미즈호가 돌아가려는 내 팔을 잡았다.

"쇼코."

이번에는 쇼코가 설명할 차례야, 라고 미즈호가 말했다.

"어떻게 된 거야. 너네 뭐가 잘 안 돼 가는 거야?"

나는 이미 눈물이 왈칵 쏟아지고, 목구멍은 뜨겁고, 커다란 소리를 내며 엉엉 울고 있었다. 원숭이처럼 얼굴도 벌게졌을 것이다. 주위 사람들이 힐끔힐끔 보고 있다는 것은 알겠는데, 그런 눈길 따위 아무래도 상관없었다. 오늘 아침에 휴대폰이 울린 것도 미리 계획된 일이었던 것이다. 무츠키의 식욕이 떨어지지 않기를 바랐는데, 환자를 비난하고 싶은 마음까지 일었는데. 나는 옆에 있던 미즈호의 가방을 껴안고, 먼저 노란색 손수건을, 그리고 화장품 파우치와 수첩을, 갈색 선글라스 케이스를, 헤어브러시와 유타의 비스킷을, 차례차례 땅바닥에 내던졌다. 암만 그래도 그렇지, 하네기도 하네기다. 부탁을 한다고 이렇게 대뜸 나오다니, 멍청한 얼간이다. 나는 쭈그리고 앉아 왕왕 울었다.

미즈호가 옆에서 어깨를 쓰다듬어 주었지만 울음을 그칠 수가 없었다. 하네기와 유타가 돌아오고, 주위로 구경꾼들이 우르르 몰리고, 누군가가 "간질인가요?"라고 묻는 소리도 들렸다.

결국 나는 태어나서 처음으로 들것이란 것에 실려 응급실로 갔다. 하얗고 딱딱한 침대에 옮겨졌을 때는, 이제 뭐가 어떻게 되든 아무 상관 없었다. 울 기력조차 없었다. 하얀 가운을 입은 아줌마가 내 두 눈을 손가락으로 크게 벌려 점검하고는, 살아 있네요, 라고 말했다. 아줌마는 내 구두를 벗기고, 머리에 차가운 타월을 갖다 대고, 잠시 상태를 살펴볼게요, 라고 말하면서 내 손목을 잡았다.

"맥박이 상당히 빠르군요."

나는 마음속으로, 그런 짓 해 봐야 아무 소용없어요, 라고 말했지만, 차가운 타월이 기분 좋았고, 스타킹을 신은 발가락으로 불어드는 바람도 상쾌했다. 가까운 데 창문이 있는 모양이다. 쾌활한 음악과 사람들의 환호성. 나는 오랜 옛날, 체육 시간에 이런 식으로 양호실에 누워 있었던 일을 떠올렸다.

"무슨 짓을 해서든 무츠키 씨를 불러올 테야."

미즈호가 흥분한 말투로 말한다.

"어디에 있든 반드시 불러올 테야."

"그건 별로 현명한 짓이 아니야."

쇼코는 정열적이랄까, 좀 감상적이야. 괜찮아, 30분 정도 지나면 진정될 테니까, 괜히 남편을 불러와서 일을 크게 확대시키지 않는 편이 좋을 거야.

"그런 문제가 아니잖아."

미즈호가 단호하게 말한다.

"그럼 이 일이 무츠키 씨 책임이라는 거야?"

그때 뺨으로 숨결이 느껴져, 눈을 가늘게 뜨자 타월 아래로 유타의 셔츠가 보였다. 침대에 바싹 달라붙어 나를 들여다보고 있는 모양이다. 유타의 눈에는 내가 굉장히 이상하게 보일 테지, 라고 생각하였다. 얼굴 왼쪽에 따가울 정도로 엄한 시선이 느껴져, 그 시선이 아무리 시간이 흘러도 비키지 않길래, 견딜 수 없어 담요 밖으로 한 손을 내밀자, 잠시 후 조그만 손이 조심조심 내 손을 잡았다. 아주 뜨겁고 축축한 손이었다.

무츠키가 들어왔을 때, 나는 얕은 잠에 빠져 있었다. 의식 멀리서, 무츠키가 아줌마에게 인사를 하는 소리, 미즈호가 무츠키를 비난하는 소리, 그리고 무츠키와 하네기가 서로, 처음 뵙겠습니다, 라고 인사를 나누는 소리가 들렸다. 무츠키가 천천히 침대로 다가온다. 나는 감각을 곤두세우고 온몸으로 무츠키를 느끼려 했다. 무츠키의 발소리, 무츠키의 기척.

무츠키는 타월을 밀치고 이마에 달라붙어 있는 머리카락을 끌어올린다. 무츠키의 마른 손바닥은 마침 가을 기온 정도다.

"미안해."

내 눈두덩을 살며시 만지면서 무츠키는 들릴락 말락 한 소리로 말한다. 내가 깨어 있다는 것을 아는 것이다, 하고 생각했다. 마치 물의 우리처럼 부드러운데, 움직일 수 없다.

무츠키는 내 기분을, 나는 무츠키의 기분을, 이렇듯 또렷하게 알 수 있다. 하네기를 불러낸 일로도, 휴대폰이 울린 일로도, 나는 이미 무츠키를 비난할 수 없다. 눈두덩에 느껴지는 무츠키의 손가락. 왜 우리는 이렇게 늘 서로를 궁지에 몰아넣는 것일까.

"쇼코, 쇼코."

미즈호가 내 발을 흔들었다.

"잠든 채 돌아가야겠어. 차 가지고 왔으니까."

무츠키가 말하자, 나는 약간 떨었다. 무서울 정도였다. 확실하게 단언할 수 있다. 이때 나는, 잠든 척한 채 돌아갈 수밖에 없었다.

몸 아래로 무츠키의 손이 미끄러져 들어왔을 때, 무츠키가 나를 안아 올리는 것보다 한순간 빨리, 나는 무츠키의 가슴에 얼굴을 묻었다. 무츠키의 체온, 무츠키의 고동 소리. 나는 어린애처럼 안심했다. 나와 무츠키는 단 한 번도 섹스를 한 적이 없지만, 무츠키의 몸은 내 몸에 그야말로 자연스럽고 부드럽게 스민다.

주차장은 넓고, 지는 햇살 속에 무수한 자동차가 서 있었다. 무츠키 걸음걸이의 리듬에 따라 몸이 위아래로 움직이고, 나는 눈을 가늘게 뜨고 눈에 익은 헌 차의 모습을 찾았다. 조그만 감색, 무츠키가 사랑하는 차.

"그럼 우리는 전철을 타고 돌아가겠습니다."

하네기가 말하고, 미즈호가 옆에서 단단히 못을 박았다.

"어떻게 된 일인지, 그 사정은 훗날 틀림없이 들을 테니까, 기억해 두세요."

나는 하얀 가운을 입은 아줌마에게 고맙단 말을 못 한 것이 아쉬웠다.

"조심하세요."

응급실에서 나올 때 아줌마가 말했다. 힘차게 움직이는, 막대기처럼 가는 두 다리만 내 눈에 남아 있다.

차 안에서도 나는 내내 자는 척하고 있었다. 무츠키는 아무 말 하지 않았지만, 내가 좋아하는 테이프를 틀어 주었다. 우리는 연안 도로를 타고 천천히 달렸다. 나는 그리운 우리의 아파트를 생각했다. 하얀 난간이 있는 베란다와 보라 아저씨, 곤의 나무. 어서 빨리 돌아가고 싶었다. 나는 잠든 채 창문을 연다. 주리의 달콤한 노랫소리가 사르르 저녁 하늘에 녹아들었다.

8 — 은사자들

병원에서 돌아와 보니, 쇼코는 거실에서 텔레비전을 보고 있었다. 그것도 아주 열중해서. 말을 걸자 어서 와, 라고 대꾸는 하는데 눈은 화면을 떠나지 않는다. 할부로 사들인 25인치 텔레비전에는 갈색 평원이 막막하게 펼쳐 있었다.

"뭐 보고 있는데?"

"텔레비전."

쇼코가 바로 대답한다. 심술이 나서 그렇게 대답하는 것 같지는 않아, 나는 그 대답을 수긍하는 수밖에 없다. 옷을 갈아입고 구두의 먼지를 털고, 양치질을 하고 거실로 돌아오자 텔레비전은 이미 꺼져 있었다.

"뭐 먹을까?"

냉장고를 뒤지면서 내가 말하자, 쇼코는 멍한 목소리로, 아무거나, 라고 대답한다. 여전히 의식이 텔레비전에 머물러 있는 느낌이었다. 어제 만든 햄버거 재료가 남아 있어서, 오늘 저녁은 동그랑땡으로 해야겠다고 생각했다. 동그랑땡과 계란국.

"무슨 프로그램이었는데."

나는 이번에는 신중하게 말을 골라 질문했다.

"야생 동물 다큐멘터리."

쇼코가 설명한다.

"병에 걸려서 죽을 때까지 같은 장소를 빙빙 맴도는 가젤gazelle이랑, 자기 코를 짓밟고 쓰러지는 아기 코끼리랑, 그런 동물들이 나왔어. 얼룩말의 교미하고 하이에나가 누gnu를 잡아먹는 장면도."

설명하면서 감동이 되살아나는 듯 쇼코의 목소리가 서서히 높아진다.

"누는 말이지, 50킬로미터나 떨어져 있는 곳의 비 냄새도 맡을 수 있대. 하지만 몸이 약해. 아니 약하다기보다 적이 너무 많은 것 같아. 사자하고 하이에나하고 치타. 매일 많은 동물들이 누를 잡아먹어."

내가 다짐육을 동글동글 주무르고 있는 동안 쇼코는 내내 누 이야기를 했다. 그중에서도 누가 살해되는 부분을 리

얼하게, 세세하게 묘사했다. 하이에나가 얼마나 빨리 포획물을 먹어 치우는지, 무수리*란 새가 얼마나 탐욕스러운지. (갈비뼈에 붙어 있는 살까지 하나도 남기지 않고 뜯어먹어, 라고 쇼코는 말했다.) 새끼 사자까지 말이야, 라고 그녀는 말을 잇는다.

"그 귀여운 부리를 온통 피범벅을 해 가지고는, 살 속에 다 얼굴을 처박고 파먹는다니까."

동글동글 빚어 늘어놓은 동그랑땡과 쇼코의 얼굴을 번갈아 쳐다보면서 나는 침묵하고 말았다.

저녁밥을 먹으면서(결국, 이날은 계란국과 버섯 소테만 반찬 삼아 소박하게 먹었다), 쇼코는 또 멍하니 있었다. 야생 동물을 찍은 영상이 상당히 강렬한 인상을 주었던 모양이다.

"내일, 어디 갈까?"

나는 그녀의 의식을 현실로 되돌리기 위해 제안했다.

"오랜만에 영화를 보러 가는 것도 좋고."

미즈호네 가기로 약속했어, 라고 쇼코가 말했다. 그로부터 일주일, 끝내 사정 청취를 위한 출두 명령이 내린 셈이다.

"나도 갈까?"

쇼코는 고개를 젓는다.

★ 머리와 목 부분은 살이 드러나 있고 목에는 흰 털을 두른 물새

"바로 돌아올 거야. 모처럼의 일요일이니까, 무츠키는 느긋하게 대청소나 하고 있어."

대청소. 아주 매력적인 말이다. 신발장 속에 쌓인 먼지와 욕실 사이의 줄눈을 생각하고, 나는 몸을 떨었다.

식후에 쇼코는 홍차를 삼 인분 끓인다. 나와, 그녀와, 그리고 유카 엘레판티페스를 위하여.

"무츠키, 은사자 얘기 알아?"

홍차에 럼주를 몇 방울 떨구면서 쇼코가 말했다.

"그거, 피하고 살이 어쩌고 하는 얘긴가."

쇼코는 이상하다는 표정으로, 아니라고 말한다. 아니, 전설이야.

"어어, 그래. 전설이야."

나는 안심하고 럼이 들어 있는 홍차를 한 모금 마신다.

그럼 어디 얘기해 봐, 라고 나는 말했다. 어떤 얘긴데.

쇼코의 설명에 따르면, 몇십 년에 한 번 온 세계 여기저기서 동시다발적으로 흰 사자가 태어난다고 한다. 극단적으로 색소가 희미한 사자인 모양인데, 무리에 섞이지 못해 따돌림을 당하는 터라, 어느 틈엔가 무리에서 모습을 감추고 말았다.

“하지만 말이지.”

라고 쇼코는 말했다.

“하지만, 그들은 마법의 사자래. 무리를 떠나서, 어디선가 자기들만의 공동체를 만들어 생활하는 거지. 그리고 그들은 초식성이야. 그래서, 물론 증명된 것은 아니지만, 단명한다는 거야. 원래 생명력이 약한 데다 별로 먹지도 않으니까, 다들 금방 죽어 버린다나 봐. 추위나 더위, 그런 요인들 때문에. 사자들은 바위 위에 있는데, 바람에 휘날리는 갈기는 하얗다기보다 마치 은색처럼 아름답대.”

아무런 감정도 담겨 있지 않은 말투로, 쇼코는 그렇게 말했다. 추위와 더위 때문에 죽어가는 초식성 사자?! 그런 이야기는 들어 본 적이 없다. 어떻게 대답해야 좋을지 몰라 우물쭈물거리고 있는데, 쇼코가 내 얼굴을 가만히 쳐다보면서,

“무츠키들 은사자 같다고, 가끔 그런 생각이 들어.”

라고 말했다. 나는 낭패한 기분이었다. 무츠키들이란 즉, 나와 곤과 가키이와 가지베 씨를 말하는 것일까, 하고 생각하면서, 뭐라 대꾸할 말을 찾지 못한다. 쇼코는 싸늘하게 식어 버린 홍차를 꿀꺽꿀꺽 단숨에 마시고, 다른 한 잔은 화분에 뿌렸다.

"곤의 나무, 설탕 하나하고 럼주 작은 스푼 절반 정도 섞은 홍차를 제일 좋아하는 것 같아."

이튿날 아침, 쇼코가 10시 정도 외출하자 나는 곧바로 청소를 시작했다. 바흐의 음악을 들으면서 욕실을 청소하고 냄비를 닦고, 온 집 안의 먼지를 털고 청소기를 돌리고 걸레질을 하고, 청소에 한참 신이 나 창문까지 닦으려는 참에 전화벨이 울렸다. 아버지한테서 온 전화였다. 역에서 거는 거다, 라고 아버지는 말했다. 잠시 들러도 괜찮겠냐. 잠시만 들를 거다. 아니 밥은 먹었다. 넌, 아직 안 먹었냐. 벌써 2시 반인데.

"어머니도 함께 계세요?"

"아니, 애비 혼자다. 며늘아기는 있느냐?"

"외출했어요. 미리 연락해 주셨더라면 같이 기다렸을 텐데."

그렇게 대단한 손님이 아니라고 말하고, 아버지는 잠시 난처하다는 듯 웃었다.

전화를 끊자 바로 쇼코가 돌아왔다. 선물, 하면서 금붕어 한 마리가 든 비닐 봉투를 내민다. 미즈호 씨네 집 바로 옆에 분재 간이 직판장이 생겼는데, 거기에 금붕어를 파는 매대도 있었다고 한다.

“와, 예쁘다.”

요즘 쇼코의 관심은 아무래도 생물에 쏠려 있는 것 같다. 쇼코는 점퍼스커트 주머니에서 모이 주머니를 꺼내 테이블에 놓는다.

“아참, 아버지가 놀러 오신대.”

나는 금붕어를 유리그릇에 옮겨 놓으면서 말했다.

“언제?”

놀랐다는 듯이 쇼코가 물어, 나는 시계를 보고, 앞으로 5, 6분 후, 라고 대답했다. 쇼코는 일그러진 표정으로 몇 초간 골똘히 생각하더니, 잠깐 밖에 나갔다 오겠다면서 현관으로 되돌아갔다. 방금 전에 벗은 구두를 다시 신고, 방금 전에 닫은 현관문을 다시 연다.

“어디 가는데?”

“케이크 사 가지고 오려고.”

괜찮아, 그런 거, 라고 나는 말했다. 쇼코는 고개를 저었다.

“미즈호가 그랬어. 평소에 손님용 케이크 정도는 준비해 두는 거라고. 나는 그런 거 꿈에도 몰랐기 때문에, 무츠키 부모님이 오셔도 맨날 녹차나 오이하고 토마토하고 치즈 얹은 대구 같은, 내가 먹는 것밖에 대접하지 못했어."

오이하고 토마토하고 치즈 얹은 대구 같은 거라.

"괜찮아, 그런 거 신경 안 써도."

"그뿐만이 아니야."

쇼코는 단호하게 말한다.

"오늘 미즈호한테 잔뜩 설교 들었어. 유언이라고 생각하라면서. 정말 미즈호는 좋은 친구야."

나는 뭐라 대꾸해야 좋을지 망설였다.

"……그러면 미즈호 씨가 정말 죽은 것 같잖아."

설마, 하고서 쇼코는 웃었다.

"죽은 사람이 어떻게 그렇게 설교를 좋아할 수 있겠어? 미즈호가, 나는 아내로서의 자각이 부족하대. 나한테 필요한 것은 상식이 아니라 오히려 자각이라고."

"……."

어머나, 시아버지 오시겠네, 하고 쇼코는 밖으로 나갔다. 쇼코가 나서자 바로 아버지가 왔다. 바쁜 일요일이다.

"쇼코, 못 만났어요?"

아니, 라고 아버지가 말한다. 짧게 깎은 머리에는 흰머리가 70퍼센트나 섞여 있다.

"그럼 큰 버스 길 쪽으로 나갔나. 조금 전에 돌아왔다가 다시 나갔거든요. 아버지가 오신다는 얘기는 했으니까, 아마 금방 돌아올 겁니다."

커피를 따르면서 말하자,

"왠지 둘러대는 것처럼 들리는구나."

라고 아버지가 말해서, 나는 이유도 없이 겸연쩍은 기분이 들었다.

"차라리 잘 됐다. 너한테 할 얘기가 있어."

아버지는 무릎을 반듯하게 모으고 소파 한끝에 단정하게 앉았다.

"어떠냐? 결혼 생활은."

이 사람은 절대로 직구를 던지지 않는다.

"그럭저럭 별 탈 없이 지내고 있어요."

그러냐, 하고서 아버지는 커피잔을 두 손으로 감싸듯 든 채 앉아 있기가 편치 않은지 어깨를 으쓱거렸다.

"마치 병원 같구나."

"병원?"

"휑하고 청결하고, 하기야 근대적인 건지도 모르겠다만."

근대적, 이란 말의 뜻을 가늠할 수 없어 나는 아버지의 얼굴을 보았다. 그러나 그는 그 이상 설명하지 않았다.

"곤 군은 잘 지내느냐?"

잘 있어요, 라고 나는 대답한다. 우리 집에도 가끔 놀러 옵니다.

"여기에?"

"네. 저보다는 쇼코를 만나러요."

아주 짧은 순간 어색한 틈이 있고, 그리고 아버지가 조용히 웃으며 그러냐고 말했다. 그것은 어쩐지 비장함이 감도는 웃음이었다. 나는 쇼코가 얼른 돌아오면 좋겠다고 생각했다. 아버지와의 대화는 늘 이런 식으로 종잡을 수가 없다. 옛날부터 그랬다. 마지막에는 언제나 아버지가 조용히 웃는다. 그리고 나는 어째야 좋을지를 모른다.

"쇼코는 곤이 마음에 든답니다. 마음이 맞는다고요. 곤도 딱히 싫지는 않은 것 같고. 아참, 이거 곤이 준 나무예요. 결혼 선물로. 유카 엘레판티페스라고 하죠. 전에 보여드렸던가요."

나는 공간을 메우기 위해 주절주절 말을 늘어놓았다.

"아버지, 은사자라고 아세요? 색소가 희미한 사잔데 은색이랍니다. 다른 사자들과 달라 따돌림을 당한대요. 그래서 멀리서 자기들만의 공동체를 만들어 생활한다는군요. 쇼코가 가르쳐 주었어요. 쇼코는 말이죠, 저나 곤을, 그 은사자 같다고 해요. 그 사자들은 초식성에, 몸이 약해서 빨리 죽는다는군요. 단명하는 사자라니, 정말 유니크하죠, 쇼코의 발상은."

나는 웃었다. 웃으면서 최악이라고 생각했다. 차라리 어머니에게 이러니저러니 압력을 받는 편이 훨씬 낫다.

아버지는 웃지 않았다.

"너희들 일은 잘 모르겠다만."

바보처럼 주절거리는 아들을 빤히 쳐다보고서 커피를 한 모금 마시고,

"하지만 내게는 며늘아기도 은사자처럼 보이는구나."

라고 말하고는 또 조용히 웃었다.

그때 고맙게도 전화벨이 울리고, 나는 살았다는 기분으로 수화기를 들었다.

"무츠키?"

백 년 만에 애인의 목소리를 들은 듯한 기분이었다.

"지금 어디 있어?"

쇼코는 내 말을 싹 무시하고,

"물 양갱하고 칡 양갱하고 어느 쪽이 좋을까?"

라고 물었다.

"뭐?"

쇼코는 질문을 반복한다.

"어느 쪽이든 괜찮아."

나는 진심으로 그렇게 말했는데 쇼코가 침묵하고 말아, 당황하여 물 양갱, 이라고 고쳐 말했다.

"물 양갱이 좋겠어. 그야 단연 물 양갱이지."

"알았어."

쇼코는 그제야 납득하고, 우리는 전화를 끊었다.

그 전화로 나는 다소 태세를 재정비할 수 있었고, 이번에는 내가 아버지에게 질문했다.

"어머니는 잘 계세요?"

아버지는 두세 번 눈을 깜박이고, 잘 있다고 대답한다.

"네 엄마는 건강하잖냐."

과연.

"오늘 내가 여기 온 것, 엄마한테는 비밀이다."

고개를 숙이고, 애매하게 웃으며 아버지가 말한다.

"알고 있어요."

"며늘아기는 아내 노릇을 톡톡히 하고 있는 것 같구나."

네, 라고 나는 말했다. 아버지는 내 얼굴을 보고, 아무 말도 않고 다시 커피잔으로 시선을 돌렸다. 무언의 비난이다. 알고 있어요. 나는 마음속으로 다시 한번 그렇게 말했다.

다시 어색한 기운이 감도려 할 때, 구세주처럼 쇼코가 돌아왔다.

"아가. 이렇게 불쑥 찾아왔구나."

아버지가 말하고, 쇼코는 납죽 인사를 한다.

"오랫동안 찾아뵙지 못했네요. 어머니는 안녕하세요?"

대화가 처음으로 돌아가고, 나는 차를 끓이러 부엌으로 갔다. 등 뒤에서, 마치 변명 같은 아버지의 목소리가 들렸다.

"아니다, 그냥 잠시 들른 거다. 신경 쓰지 말아라. 금방 갈 게다. 네 시어미도 외출하고 없어서, 시간이 좀 있길래."

햇살이 비스듬하게 비치고 있는 부엌, 싱크대 위 유리그릇에서 조그만 금붕어가 노닐고 있다. 금붕어는 외부로부터 단절되어, 오로지 붉은 몸을 살랑살랑 기분 좋게 흔들면서 새침한 표정으로 물속에 있다. 아주 여유로워 보였다.

우리는 녹차를 마시고, 물 양갱을 먹고, 별 부담 없는 얘기를 나누었다. 여름 감기가 어떻다는 둥, 요즘 버찌값이 어떻다는 둥. 쇼코가 돌아오고부터는 실내 공기가 갑자기 부드러워진 듯한 기분이다. 물 양갱의 달콤함은 혀에 차갑고, 아버지는 겸연쩍은지 안절부절못했다.

미즈호 씨 유언의 수수께끼가 풀린 것은 밤이 되고 나서였다. 사정 청취는 아무래도 실패로 끝난 모양이다.

"미즈호랑 절교했어."

라고 쇼코가 말했다.

"절교?"

강경한 말투에 놀라, 나는 다소 주춤거리며 되물었다.

"왜 그런?"

그러나 쇼코는 아무 설명도 하려 하지 않고, 아무튼 절교했다는 결론만 주장했다.

"나하고 내 친구 일이니까, 무츠키는 상관없잖아."

"그거 좀 어린애 짓 같은데."

쇼코가 믹스한 오렌지 맛 나는 탄산수를 마시면서 나는 말했다.

"애당초, 놀이공원 건은 내 책임이니까, 쇼코와 미즈호 씨가 절교할 필연성 따위 하나도 없다고."

쇼코는 아무 대꾸도 없었다.

"절교란 말은, 그렇게 쉽게 사용하는 말이 아니야."

쇼코는 나를 쏘아보기만 할 뿐, 잔을 한 손에 쥔 채 여전히 입을 다물고 있다.

"미즈호 씨는, 늘 걱정이 되니까……."

그럼 어떻게 설명하면 좋았는데, 라고 쇼코가 말했다. 몹시 냉정한 목소리였다.

"무츠키가 하네기 씨를 나오게 한 거, 어떻게 설명하면 좋았는데. 이제 그런 거 귀찮아. 나는 이대로가 좋고, 자기와 둘이 있을 수 있으면 그걸로 족해. 미즈호가 없어도 외롭지 않다고. 곤도 있고, 카키이 씨도 카지베 씨도 있잖아."

쇼코는 의연하고 똑바른 눈길로 말하고, 나는 며늘아기도 내게는 은사자로 보인다던 아버지의 말을 떠올렸다.

"그러니까 미즈호 얘기는 이제 그만해."

애원하듯 말하고, 쇼코는 홀짝홀짝 탄산수를 마셨다.

"무츠키 거 내가 마셔도 돼?"

그럼, 이라고 말하자 내 잔을 들고, 방긋 웃으며 한 모금 마신다.

"큐라소하고 토닉하고, 그리고 무츠키 맛이 나."

중얼거리듯 쇼코가 말하고, 나는 일어섰다.

"목욕물 받아 둘게."

쇼코처럼 순수한 인간에게는 아마 아무것도 아닌 일일지도 모른다. 하지만 나는 때로 혼란스럽다. 쇼코의 무방비한 말, 안심한 눈길과 웃는 얼굴. 나와는 인연이 없는 감정. 쇼코는 어떻게 이토록 간단하게 각오를 다질 수 있는 것일까. 지금까지 소중하게 여겨왔던 많은 것들, 자기 부모와 미즈호 씨와, 지금까지 사랑해 왔던 사람들이 있는 장소로부터 점점 멀어져 고립돼 가고 있다는 것을, 그녀는 알고 있는 것일까.

"목욕?"

쇼코는 장난스럽게 눈을 반짝거렸다.

"저, 우리 욕조에다 물 받아서 금붕어 풀어놓아 볼까? 금붕어의 수영장. 그리고 이 끝에서 저 끝까지 수영하는 데 몇 분이나 걸리는지 기록하는 거야. 나팔꽃의 성장 기록처럼 말이야. 여름이 끝날 때까지 어느 정도나 진보할까."

"기발하군."

"하지만 재미있을 것 같잖아."

쇼코는 들떠서 조잘거렸다. 어딘가 모르게 찰나적인 조잘거림이었다. 애처로울 정도다.

수온을 낮게 설정하고 수도꼭지를 비튼다. 굉음과 함께 물이 쏟아져 나오고, 거실에서 노래하는 쇼코의 노랫소리가 들린다.

빨간 꼬까옷을 입은 귀여운 금붕어
눈을 뜨면 맛있는 것 주지

미즈호 씨를 만나 얘기를 나눠 보는 것이 좋겠다고 생각한다. 제대로 설명할 필요가 있다. 그리고, 그렇게 되면 물론 쇼코의 부모님에게도. 이제 한계에 왔는지도 모른다.

"무츠키."

쇼코가 큰 소리를 지른다.

"금붕어 모이 먹어 볼래? 바짝 말랐고 냄새나고 맛은 없지만, 금붕어의 기분을 조금은 알 수 있을 것 같은데."

사양하겠어, 라고 말하고 나는 타월로 발을 닦았다. 앞으로 15분이면 욕조는 가득 찬다. 그렇지, 그래프를 작성하자,

하고 생각했다. 한눈에 금붕어의 진보를 알 수 있도록, 꺾은선 그래프를 그려 쇼코에게 선물하자. 차가운 물속에서 금붕어는 우아하게 수영하리라.

9 — 7월, 우주적인 것

눈을 떠 보니, 블라인드로 새어드는 햇살이 시트에 줄무늬를 그리고 있었다. 타월 이불을 걷어차고 몸을 뒤척이면서 엎드려 두 손을 베개 밑에 집어넣는다. 무츠키는 벌써 나간 모양이다. 옆 침대는 반듯하게 정돈되어 있어 나는 멍하니 방 안을 바라본다. 빛이 비치지 않으면 보이지 않을 공기 중의 미세한 먼지들. 여름날의 아침은 왠지 무척 나른하다.

거실은 에어컨이 적당한 온도로 켜져 있고, 휑했다. 배경음악으로는 프레스코발디의 오르간곡이 흐르고 있다. 어항에는 금붕어, 냉장고에는 차가운 샐러드, 방 안은 밝고 하얗고, 모든 것이 말끔하게 정돈되어 있다. 나는 멍한 머리로, 잠시 거기에 서 있었다. 이 권태감은 대체 뭘까. 무츠키가 마련해 준 이 완벽한 공간에서 느껴지는, 뭔지 종잡을 수 없는 답답함과 불안은 대체 뭘까.

나는 침실로 되돌아와 벽장을 열었다. 무츠키의 양복을 한 벌씩 꺼내 꼼꼼히 바라본다. 나는 줄무늬 방 안에서 그것을 입고 있는 무츠키의 모습을 떠올리고, 무츠키가 틀림없이 살아 있는 인간이며 내 남편이란 것을 납득할 수 있을 때까지, 그 양복들을 침대에 늘어놓았다.

와이셔츠와 청바지 몇 벌, 티셔츠 몇 장과 양말 두 켤레까지 늘어놓았을 즈음에야 간신히 안심한 나는 샤워를 하고, 샐러드를 먹었다. 샐러드에는 빨간 무가 잔뜩 들어 있어서 아삭아삭하고 맛있었다. 어서 무츠키가 돌아와 주었으면 좋겠다고 생각하면서 시계를 보자 아직 11시도 채 안 됐다.

현관벨이 울려, 문을 열자 곤이 서 있었다.

"안녕."

상큼하게 웃는 얼굴이다. 다른 나라에서 온 사람 같다.

"기분 좋은 날이군요."

침입자는 주저 없이 구두를 벗고 들어와 소파에 편히 앉았다.

"뭐, 마실래?"

달리 어쩔 수 없어서 웨이트리스처럼 옆에 서서 묻는다. 오렌지주스. 곤은 바로 대답하고, 제대로 빗지도 않아 헝클

어진 머리로 웃었다. 머릿결이 참 부드럽네, 하고 생각했다.

"제대로 짠 거."

곤이 그렇게 덧붙였을 때, 나는 냉장고 앞에서 몸을 구부리고 주스 팩으로 손을 뻗는 참이었다.

오렌지를 짜면 껍질 표면에서 수액 같은 것이 배어 나와 손이 끈적해진다. 손 거스러미에 묻으면 배어들고, 핥으면 쌉싸래하다.

"냄새가 좋은데요. 휴일 아침의 아내가 있는 풍경."

"오늘은 평일이고, 나는 곤의 아내가 아니야."

"흐음."

곤은 피식 웃고는, 넉살 좋게 나도 마누라나 있으면 좋겠다고 말했다. 그 말투에 조금도 성의가 없어 나는 끝내 웃고 만다. 유리컵에 얼음을 넣고, 오렌지주스를 따른다.

"하지만, 아내는 여자만 할 수 있는 거야."

곤은 놀랄 만큼 심각한 표정을 지었다. 음, 그렇군요, 남자 아내는 본 적이 없으니까.

"그렇지만 내가 남자를 좋아하는 건 아닙니다. 무츠키 씨를 좋아하지."

곤은 태연한 얼굴로 주저 없이 말한다.

"하아."

나는 가슴이 술렁거렸다. 그렇다면 나와 마찬가지다.

"이거, 캘리포니아 오렌지?"

커다란 유리컵 가득한 주스를 꿀꺽꿀꺽 마시고, 곤이 물었다.

"그래."

그런 거 따위 알 리가 없지만 나는 고개를 끄덕인다. 그래, 캘리포니아 오렌지야. 곤은 만족스럽게, 역시, 라고 말했다. 그럴 줄 알았어요. 플로리다 오렌지는 훨씬 더 시큼하거든요.

무츠키가 일하는 병원으로 놀러 가잔 말을 꺼낸 것은 곤이었다. 12년이나 사귀면서 일하는 무츠키 씨의 얼굴은 본 적이 없거든요, 라고 곤은 말했다. 일하는 무츠키의 얼굴. 나도 없는데, 라고 대답하자, 곤은 하기야 당연하다는 듯 고개를 끄덕이고 그럼 가 봐야겠죠, 라고 말한다.

"게다가 아내와 애인이 한꺼번에 찾아가다니, 얼마나 좋습니까."

얼마나 좋은지 어쩐지는 차치하고, 환자들의 눈에 무츠

키가 어떻게 비치는지 궁금했다. 전문가로서의 무츠키.

도로는 비교적 한산했고, 버스도 순조롭게 갈아탈 수 있었다. 갈색 벽돌 건물의 병원은 한여름 낮의 햇살 속에서 졸린 표정이었다. 접수 카운터에 있는 간호사에게 무츠키의 이름을 대자, 그 젊은 간호사는 로비를 가리키며 아주 사무적인 말투로, 앉아서 기다려 주세요, 라고 말했다. 언젠가도 여기에서 같은 말을 들은 적이 있었지, 하고 생각한다. 곤은 신기하다는 듯 사방을 둘러보고, 직장 분위기가 어째 좀 어두운데, 하고 혼자 중얼거렸다. 나는 로비에 있는 사람들을 차례차례 관찰하고, 이 사람은 통원 환자겠지, 저 사람은 병문안 온 사람일 테고, 하는 식으로 혼자 짐작해 보았다. 입원 환자는 병원복 차림이기 때문에 금방 알 수 있다. 모두가 하나같이 허망한 표정이었다.

"기시다 선생님은 외출 중이신데요."

아까 간호사와는 다른 중년의 간호사가 타박타박 다가와 말했다.

"한 시간 정도면 돌아오실 텐데, 기다리실래요?"

간호사는 나와 곤을 쳐다보면서, 전할 말씀이 있으면 말씀하시고요, 라고 말했다.

"기다리죠."

곤이 의지가 담긴 분명한 목소리로 대답하자, 중년의 간호사는 다소 뜻밖이라는 듯, 어머, 그래요, 라고 말했다.

"저, 간호사님."

돌아가려는 간호사를 곤이 불러 세운다.

"산부인과의 삼류 순정 소설은?"

"네?"

무슨 소린지 이상하다는 표정. 곤은 유쾌하게 말을 잇는다.

"카키이 오스케 선생님은 계십니까?"

그녀는 점점 더 이상하다는 표정으로, 잠시 기다리세요, 라고 내뱉고는 접수로 돌아갔다. 환영받지 못한 손님인 우리는 소파에 앉은 채 기다린다.

안경 속으로 조그만 눈을 깜빡거리면서 카키이 씨가 종종 걸어왔다.

"안녕하세요. 어쩐 일입니까, 병원까지 다 오시고."

그것도 곤 씨와 함께, 라고 말한 카키이 씨의 말투에 약간 심술기가 스며 있었다. 직장을 견학하러 왔어요, 라고 나는 설명한다. 노인 병동은 어느 쪽이죠?

"3층입니다. 그러나 병실에는 들어가면 안 돼요."

앞서 걸으면서 카키이 씨가 말했다.

"그리고, 환자들에게 엉뚱한 소리를 해도 안 됩니다. 절대로 안 돼요."

곤이 카키이 씨를 쏘아본다.

"병든 노인네들에게, 누가 엉뚱한 소리를 한다고 그럽니까."

어린애들이 사회 시간에 견학을 하러 나온 것도 아니니까, 그렇게 주의 주지 않아도 됩니다.

"그럴 생각은 아니었는데. 이거 미안하군. 그러니까, 일단 말해 두는 편이 좋지 않을까 싶어서 그랬을 뿐이야."

카키이 씨는 횡설수설하고 만다. 얼굴이 새빨갛다. 엘리베이터를 타고 3층에 도착한다.

복도를 걸으면서 나는 무척이나 긴장했다. 온통 노인들뿐이었다. 대합실에서 텔레비전을 보고 있는 병원복 차림의 할아버지들, 난간을 붙잡고 한 걸음 내디딜 때마다 1분씩 걸리는 대머리 할머니들. 노인들로 넘쳐나네, 하고 생각했다. 3층 전체가 독특한 기운에 싸여 있었다. 곤 역시 온몸으로 긴장하고 있다는 것을 알 수 있었지만, 카키이 씨는 태연하게 성큼성큼 걸어간다.

"이 병실 환자들은 대개 무츠키가 담당하고 있습니다."

그저 넓기만 한 병실이었다. 침대가 다섯 개씩 옆으로 네 줄, 정연하게 늘어서 있다.

"장관이네요."

몇몇 환자가 간호사의 도움을 받아 식사를 하고 있었다. 간호사는 유난히 기운차게, 네, 그래요, 아, 그래요, 맛있죠, 자 다시 한번 아, 라고 큰 소리를 내면서 숟가락으로 죽을 떠 먹인다. 얌전하게 입을 벌리는 할아버지도 있는가 하면 고개를 저으며 맥없이 거부하는 할머니도 있다. 그다음은 단무지 하든가, 차라고 지시하는 할머니도 있지만, 아직 먹고 싶지 않아, 라고 힘찬 목소리로 크게 선언하는 할아버지도 있다. 간호사는 목소리의 톤을 절대로 바꾸지 않는다. 네, 입 벌리시고요, 네, 맛있죠, 네, 아 하세요. 우리는 입구에 서서 얼이 빠진 듯 그런 광경을 바라보았다.

"점심 식사는 열한 시부터지만, 3층 환자들은 두 시간이나 걸려서요, 전원이 다 먹는데."

카키이 씨가 담담하게 말한다.

"이 사람, 할아버지 손자?"

문득 정신을 차리고 보니, 곤은 식사를 거부한 듬직한 할아버지에게 말을 걸고 있었다.

"아니나 다를까."

카키이 씨가 씁쓸하게 말하고, 나는 마음속으로 슬며시 웃었다.

"아들이야."

머리맡에 있는 사진을 힐끗 보고, 할아버지가 대답한다.

"아들이야. 내 아들."

그것은 컬러 사진이었고, 찍혀 있는 것은 갓난아기였다.

"아유, 이 사람이 당신 아들이유?"

옆 침대에 있는 할머니가 곤을 턱으로 가리키며 할아버지에게 물었다.

뭐가 뭔지 얼떨떨하다. 곤은 딱히 부정하지 않는다.

"저쪽은, 딸?"

할머니가 돌아보며 내게 물었다.

"응, 우리 동생."

동생?! 나는 내심 분개했지만, 곤은 싱긋 웃으며 대답했고 할머니도 싱긋 웃었다. 이가 두 개 없다.

"좋겠어. 보기 좋은 오누이네."

나는 애매하게 맞장구를 치면서, 최소한 누나라고 그랬으면 좋았지, 하고 생각했다. 보기 좋은 오누이네. 단발머리 머리맡에 플라스틱 대나무가 장식되어 있었다. 종이학도 잔뜩 매달려 있다.

"칠석!"

나도 모르게 소리를 지르고 말았다. 내일모레는 칠석이다. 까맣게 잊고 있었다.

"이건 말이지, 손자 놈이 가지고 온 거야."

할머니는 자랑스럽게 말하고, 이 빠진 입으로 싱긋 웃었다.

"둘 다 이제 그만 됐죠?"

기가 차다는 표정의 카키이 씨가 재촉해서, 우리는 병실을 나왔다. 돌아보니 할머니는 벌써 돌아누웠고, 할아버지는 알 수 없는 멍한 표정으로 우리 쪽을 보고 있다. 나는 어중간하게 슬퍼졌다.

"도무지 곤 씨 말은 믿을 수가 없군. 아까 괜히 사과했어."

복도를 종종 걸으면서 카키이 씨는 또 얼굴을 붉혔다.

의국으로 가자, 무츠키는 벌써 돌아와 있었다. 우리를 보고는 눈이 휘둥그레진다.

"대체 어떻게 된 일이야?"

자 분명히 인계했어 난, 이라 말하고 카키이 씨가 가 버린 다음, 무츠키는 커피를 끓여 주었다. 향긋한 김이 우리를 안심시킨다. 살아 있다는 느낌이 드는, 그런 기분. 병원이란 역시 어딘가 모르게 겁나는 장소다.

그 사람들 어디가 아픈데, 라고 나는 물었다.

"그 사람들이라니?"

"3층의, 커다란 방에 있는 사람들. 견학하고 왔는데, 안 되는 일이야?"

아니, 라고 말하고 무츠키는 커피를 홀짝거린다.

"그 사람들 특별히 어디가 아픈 것은 아니야. 그야 물론, 심장이다 신장이다, 여기저기 고장이 나긴 했지만. 그건 뭐 자연스러운 일이니까."

그럼, 왜 입원해 있는 거지, 하고 묻자 무츠키는 커피잔을 들여다보고는 잠시 침묵했다.

"여러 가지 사정이 있어서, 라고 대답해야 할까."

여러 가지 사정.

"저기 있는 간호사들, 무슨 학교 선생님들처럼 무서웠어."

"회진하러 안 갑니까?"

곤이 묻는다. 우린 기시다 선생의 일하는 모습을 보러 온 거라고요. 어디 갔었어요. 지금까지.

어디 갔었느냐고 물은 것은 곤인데, 무츠키는 내 얼굴을 보고 대답했다.

"밖에서 식사하고 왔어."

그렇구나, 하고 나는 말했다. 이상한 무츠키. 어디서 식사를 하든, 그런 건 무츠키 마음인데.

다음 회진은 저녁때고, 2시부터는 회의가 있어, 하고 무츠키가 말했을 때, 나와 곤은 미련 없이 물러났다. 이제 충분해, 무츠키의 일하는 모습도 다 본 것 같고, 환자들의 눈에 비치는 무츠키가 어떤 의사일지도 우리는 물론 알고 있었어.

무츠키는 현관까지 배웅해 주었다.

"조심해서 가야 돼. 6번 버스 타고 가다가, 영업소 앞에서 1번으로 갈아타는 것 잊지 말고."

눈부신 돌계단을 내려온다. 무츠키는 두 손을 주머니에 넣은 채 자동문 앞에 서 있다. 마치 세제 광고처럼, 하얀 가운이 팽팽하게 빛나 보였다. 갈색 벽돌 건물은 여전히 졸린 듯한 표정이다. 나는 3층 창문을 올려다보았다.

"우주적이군요, 할아버지 할머니들이란."

옆에서 곤도 3층 창문을 올려다보면서 말했다.

버스에서 내려 곤과 헤어진 후, 24시간 편의점에서 학종이를 사 가지고 돌아간다. 캔맥주를 마시면서, 칠석날 쓸 장식물을 만들었다. 동그라미를 연결하고, 학종이로 모양을 만들고, 주름잡아 접은 종이로는 초롱을 만든다. 소원도 잔뜩 종이에 써서 매달았다. 이탈리아 말을 좀 더 잘할 수 있게 해주세요, 편집부 사람이 마감날을 잊게 해 주세요, 키가 앞으로 5센티미터 더 자라게 해 주세요. 그리고 마지막 종이는 아무것도 쓰지 않고 그냥 실에 매단다. 제일 중요한 소원은, 남몰래 바라는 편이 이루어질 듯한 기분이 든다. 완성된 장식물을 전부 곤의 나무에 걸었다. 사방에는 잘라낸 학종이 자투리와 풀 뚜껑, 빈 맥주캔과 가위 등이 어지러이 흩어져 있고, 대나무 대신으로 쓰기에는 너무 건강한 곤의 나무는 복삽하고 요란스럽게 장식되어 불편해 보이기도 하고, 그러면서도 왠지 모르게 기쁜 듯 가슴을 쫙 펴고 있었다. 나는 곤의 나무를 베란다로 끌어냈다.

풋콩이 먹고 싶어 동네 채소 가게에서 사 와 삶는다. 5분 정도 지나자 초록색이 아름답게 피어나, 바구니에 옮겨 담고 소금을 뿌렸다. 이제 곧 무츠키가 돌아온다. 창밖에서는 이제야 해가 기울기 시작해, 곤의 나무에 매단 동그라미와 소원종이가 엷은 어둠에 녹아들 것 같다.

일터에서 돌아온 무츠키는 유리 샤시문을 열고, 쿡쿡쿡, 하고 이상하게 웃었다.

"이 나무, 쑥스러워 하고 있네."

과연 그는 몹시 쑥스러워 하고 있었다. 경직되어 있는 것 같기도 하고, 뾰로통해 있는 것 같기도 하다. 원래가 멋이 없고 직선적인 나무다. 우리는 베란다에서 맥주를 마시고, 풋콩을 먹고, 곤의 나무를 칭송했다. 건강하고 벌레도 끼지 않고, 게다가 대나무 대신으로 쓸 수도 있다니 정말 굉장한 나무다.

"저녁밥도 여기서 먹지 않을래?"

내가 말하자 무츠키는 미소 지으며 고개를 끄덕였다. 좋지, 그렇게 하자.

"소면이 좋을까, 시원하니까."

좋지, 라고 말하고 무츠키는 또 고개를 끄덕인다.

"무츠키?"

어째서인지는 모른다. 그때 나는, 어째서인지 갑자기 불안해졌다. 무츠키의 조용한 표정이, 아주 멀게 느껴졌다.

"무슨 생각해?"

아무것도, 라고 대답하는 무츠키의 시선 끝에 보얗고 하얀 달님이 있었다. 무츠키가 쓸쓸하게 미소 지어, 내 가슴의 물결은 점점 더 파고가 높아졌다.

그런데도 무츠키는 명랑했다. 소면을 한껏 먹고, 그답지 않게 식후에 아이스크림까지 먹고, 게다가 자기가 먼저 뭐 마시지 않겠느냐며 민트 줄렙을 만들어 주었다. 칠석 장식물이 꽤나 마음에 들었는지 몇 번이나 칭찬해 주었고, 이렇게 예쁜 장식은 온 일본을 뒤져도 없을 거야, 라는 말도 했다.

"무츠키."

왜, 하면서 무츠키는 나를 본다. 모든 것을 용서해 줄 듯 온화하고, 아주 먼 눈.

"자기도 소원 써."

명랑한 목소리로 말하고 나는 학종이를 내밀었다.

"소원은 세 가지까지 가능해. 나는 더 많이 썼지만."

음, 하면서 무츠키는 팔짱을 꼈다.

"나는 됐어. 이렇다 할 소원도 없으니까. 이대로 충분해."

나는 일어나, 들고 있던 유리잔을 우선 베란다에 내려놓았다.

"쇼코?!"

다소 겁먹은 표정의 무츠키를 무시하고 아까 매단 종이를 찾는다. 소원을 쓰지 않고 그냥 건, 마지막 한 장이다. 파란색 그 학종이는 나무 꼭대기 쪽에 매달려 있었다.

"이름 같이 쓰자."

내가 말하고, 사인펜으로 두 사람의 이름을 썼다. 무츠키는 석연치 않은 표정이었다.

"있지, 오래도록 지금 이대로 있게 해 주세요, 하고 이 학종이에다 빌었어. 하지만 써 버리면 별 효과가 없을 것 같아서, 그래서 이 학종이는 그냥……."

나는 침묵했다. 무츠키가 아주 슬픈 표정을 지었기 때문이다. 슬프다기보다, 애처로운 얼굴. 견딜 수 없다는 얼굴.

"왜 그래?"

간신히 소리 내어 내가 물었다.

"하지만, 변하지 않을 수는 없는 거야."

무츠키도 간신히 소리 내어 말하는 것 같았다.

"시간은 흐르고, 사람도 흘러가. 변하지 않을 수가 없어."

나는 사정을 이해할 수 없었다.

"왜 갑자기 그런 소리를 하는 거야. 변하지 않을 수 있다고 그랬잖아. 우리 둘 다 그러고 싶어 하는데, 왜 그럴 수 없다는 거지?"

"쇼코."

조용하지만 흔들림 없는 목소리로 무츠키가 말했다.

"오늘, 미즈호 씨 만났어. 그리고 설명했어, 놀이공원 건."

내가 무슨 말을 할 때까지, 꽤 긴 틈이 있었다.

"뭐?"

"전부 설명했어."

무츠키는 침착했다. 똑바로 나를 보고 있다.

"농담이겠지."

텅 빈 머리로, 나는 어떻게든 사태를 파악하려 했다. 이건 현실이 아니라고 생각했다. 현실일 리가 없어. 혼란스러운 사고 속에서 나는 무슨 까닭인지 낮에 본 노인늘 모습을 토막토막 떠올린다. 시간은 흘러가고, 사람도 흘러간다.

"무츠키 바보. 멍청이."

목소리가 맥이 없어 나 스스로도 놀랐다. 곤의 나무에

매달린 동그라미가 바람 부는 별하늘 아래 살랑살랑 흔들렸다.

10 친족 회의

주차장에 차를 세웠는데, 옆자리에 장인의 승용차가 있었다. 머지않아 이런 일이 있으리라고 예상하고 있었던 터라, 나는 그 하얀 마크 II를 보았을 때 오히려 안도했다. 두 주일을 기다렸다. 그동안 미즈호 씨는 생각에 골몰하며 시간을 보내고 여러 가지로 부심했을 것이다. 몇 번이나 쇼코한테 전화가 걸려 왔지만, 쇼코는 받으려 하지 않았다. 절교했으니까 관계없어, 하면서 고집스럽게 외면했다. 내가 아니라 쇼코가 얘기했어야 마땅했다. 결국 나는 쇼코와 미즈호 씨 두 사람 다 괴롭힌 셈이 된다. 엘리베이터에서 내리자 발길음이 무거워졌다.

쇼코는 그때 이후로 말도 제대로 하지 않는다. 미즈호한테 말을 하다니, 어떻게 그렇게 생각이 없을 수 있냐며 내내 토라져 있다. 그렇다면 내가 어떻게 해야 좋았던 것일까.

지금 이대로 지내고 싶다고 그토록 바란다는 것은, 쇼코 역시 암암리에 느끼기 때문이리라. 언제까지 이대로 지낼 수는 없다는 것을.

두 주일 전, 내가 그 얘기를 했을 때 미즈호 씨가 보인 반응은 지극히 타당한 것이었다. 우리는 병원 옆에 있는 패밀리 레스토랑에서 같이 점심을 먹고 있었고, 그녀는 잠시 말을 잊고 있다가, 나를 놀리는 건가요, 하면서 웃었다. 그러나 물론, 눈은 웃고 있지 않았다. 내가 진심으로 하는 말이라는 것을 알고는, 그럼에도 반신반의하는 투로 조심스럽게 두세 가지 질문을 했다. 그럼 왜 선을 본 거죠, 쇼코의 부모님은 알고 계신가요, 알고서 결혼시킨 건가요. 간간이, 설마, 어떻게 그런 어처구니없는 일이, 라는 말을 두서없이 혼자 중얼거리면서.

나는 하나하나 정직하게 대답했다. 어머니의 마음을 편안하게 해 드리기 위해서 선을 보아 왔다는 것. 그때도 만나기만 하고 나중에 거절할 생각이었다는 것. 그리고 선을 보는 내내 쇼코의 기분이 별로 좋아 보이지 않았다는 것.

실제로 쇼코는 한 번도 웃지 않았다. 청초한 하얀 원피스를 입고 있었지만, 사실은 이런 거 입고 싶지 않았다고 온몸으로 외치고 있는 듯이 보였다. 같은 험악한 표정이라도 화가 났거나 심통이 나서라기보다, 궁지에 몰려 공격 태세를 취하고 있는 작은 동물 같은 느낌이어서, 왠지 마음에 걸렸다. 힘주어 뜨고 있는 눈은 곤의 눈을 닮았다. 중매쟁이가 정석대로 '젊은 사람끼리' 있게 해 주기를 기다렸다가, 나는 쇼코에게 말했다.

"분개하실 테지만, 나는 결혼할 생각이 없습니다."

쇼코는 한참이나 내 얼굴을 보고는, 그리고 단호하게 말했다.

"어머, 나도 그런데요."

거기서 미즈호 씨가 나의 말을 가로막고, 그럼 왜, 라고 물었다. 의문문이 아니라 비통한 비난문. 테이블에는 마카로니 그라탱이, 거의 손도 대지 않은 채 놓여 있었다. 미즈호 씨는 한숨을 쉬었다. 말해 주지 말았으면 차라리 좋았을 텐데, 하는 표정이었다.

장인은 거실에서 담배를 뻑뻑 피우고 있었다. 차에서 꺼내온 듯한 서랍식 재떨이에는 벌써 꽁초가 가득 쌓여 있었다.

"오셨습니까."

내가 고개 숙여 인사하자, 장인은 채 다 피지 않은 긴 담배를 비벼 끄고는 일어나, 이제 오는가, 하고는 희미하게 미소 지었다. 그러나 그 미소는 이 사람의, 친근하고 사람 좋게 웃는 여느 때의 미소와는 전혀 달랐다.

"쇼코는 욕실에 있네."

욕실? 나는 불안해져 욕실에 가 보려는데 장인이 뒤에서, 그 전에 잠시 할 얘기가 있다며 불러 세웠다. 금방 끝날 테니, 앉게나.

"차 끓여오겠습니다."

라고 말해 보았지만 깨끗하게 거절당했다.

"아니 괜찮네. 할 얘기가 있어."

이제 도망칠 수 없다. 나는 각오를 다지고, 장인과 마주 앉았다.

오늘, 미즈호 씨가 회사로 찾아와서, 라고 장인은 말을 꺼냈다.

"자네에게 들었다는 얘기를 해 주었는데, 그게 뭐랄까, 기상천외한 얘기라서 말이야."

장인은 말을 끊고, 살피듯 나를 보았다.

"설마, 사실은 아니겠지?"

하얀 반소매 셔츠에 회색 바지를 입은 장인은 대단히 풍채가 좋았다. 머리가 상당히 벗어지고, 무테안경을 끼고 있다.

"사실입니다."

안경 속을 응시하며 나는 말했다.

"아니, 잠깐. 아니, 그럴 리가 없지."

장인은 낭패한 모습이었다.

"내가 하는 말은, 자네가, 아니 나쁘게 생각하지 말게나, 자네가 그, 그러니까 동성애자란 얘기를 말하는 거야."

흥분한 장인은 소파에서 일어나, 아니 자네, 중매결혼이라고, 라고 말했다.

"신상서에도 건강 진단서에도 그런 말은 쓰여 있지 않았잖은가. 사위가 게이라니, 그런 말도 안 되는 소리를 믿으라는 게 억지지 않은가, 자네."

장인은 '자네'를 연발했다. 목소리도 몹시 컸다. 우뚝 선 채 이건 사기야, 라고 소리치는가 하면, 힘없이 애원하듯 농담이겠지, 라고 중얼거린다. 자네는 훌륭한 청년이야. 설마, 그럴 리가 있겠는가.

나는 침묵했다. 부엌에서 냉장고가 신음하는 소리가 들린다. 장인은 다시 소파에 앉아 고개를 푹 숙였다. 아주 오래도록, 우리는 거기에 마주하고 앉아 있었다.

"가겠네."

끝내 장인은 일어나, 윗도리를 입더니 내 쪽은 보지도 않고 성큼성큼 걸었다. 현관에서 구두를 신고, 마누라한테 뭐라 말하면 좋단 말이냐, 라고 꺼져 들어가는 목소리로 말한다. 나는 그저 고개를 숙이고 배웅했다. 문이 열리고, 문이 닫힌다. 찰칵, 하는 무거운 금속 소리가 현관에 남았다.

욕실에 가 보니, 쇼코가 스톱워치를 손에 쥐고 서 있었다. 헤엄치는 금붕어를 관찰하고 있다.

"나, 왔어."

아무튼 나는 말했다.

"장인어른, 지금 돌아가셨어."

욕조를 쳐다보며 쇼코는 알았어, 하고만 대꾸했다. 세면대 옆에 걸려 있는 클립보드에 하얀 그래프용지가 끼어 있다. 진보 상황을 기록하려 해도 욕조가 너무 넓어, 금붕어는 아직 한 번도 횡단에 성공하지 못했다.

"오늘은 할 수 있을 것 같아?"

쇼코는 대답하지 않았다. 기대하기 어렵다. 금붕어는 물속에서 꼼짝 않고 있다.

"만약 무츠키가 사기를 친 거라면."

살랑살랑 흔들리는 빨간 생물을 응시한 채 쇼코가 말했다.

"나도 사기를 친 거지. 안 그래?"

잔뜩 생각에 골몰한 표정으로 미간을 찌푸리고 있다.

"아버지는 통 아무것도 모른다니까."

아무래도, 나를 위로해 주고 있는 모양이다. 나는 순간 애틋한 기분이 들어, 쇼코의 뒷모습을 바라보았다. 긴 머리와 가냘픈 어깨와, 발그레 달아오른 뒤꿈치를.

그날, 밤이 되어 장인한테서 전화가 걸려 왔다. 일요일에 다시 만나러 오겠다고 한다. 자네 장모도 함께야, 라고 그는 말했다. 장인의 목소리는 아까보다 훨씬 냉정하고, 그런 만큼 분노에 차 있다.

"물론 자네 부모님도 와 주셨으면 하네. 쇼코에게도 그렇게 전해 주고."

나는 네, 하고 대답했지만, 그렇게 전할 필요도 없이 쇼코는 내 귀에 얼굴을 바짝 갖다 대고 얘기를 듣고 있었다. 숨을 죽이고, 미간을 찌푸리고.

"네, 그럼 내일모레, 점심시간 지나서 뵙겠습니다."

내가 전화를 끊자 쇼코는 당장 전화선을 뽑았다.

"이제 내일 하루는 조용하겠군."

일요일은 금방 찾아왔다. 쇼코는 멍한 얼굴로 칼국수 샐러드란 희한한 요리를 만들어 먹고 있었다. 나는 식욕이 하나도 없어서, 커피를 석 잔 마시고 신문을 훑어보고, 마음을 가라앉히기 위해서 냄비를 닦았다. 날씨가 좋다. 건너편 아파트 베란다에서 주부가 이불을 널고 있다.

우리 부모님은 약속한 1시보다 두 시간이나 빨리 도착했다. 하이힐을 가지런히 벗어 놓고, 아유 덥다, 하면서 어머니는 거실에 앉는다.

"다행이다, 사돈 분들이 오시기 전이라."

관자놀이 언저리가 다소 굳어 있기는 하지만, 생각한 것보다는 훨씬 침착해서 나는 안심이 되었다. 어머니는 빨갛게 칠한 입술에 미소를 담고, 조그만 꾸러미를 쇼코에게 건네고는 잘 있었냐, 라고 말했다. 서양 오얏이야, 좋아하는지 모르겠구나. 네, 라고 말하면서 쇼코도 미소 짓는다. 어색한 미소다.

"얼마나 놀랐는지. 느닷없이 사돈한테서 연락이 왔지 뭐냐. 너희는 아무리 전화를 해도 받지를 않고."

모두 모아놓고 어쩔 생각이신지, 라고 말하고 어머니는 핸드백에서 조그만 부채를 꺼냈다. 백단 냄새가 달콤한 향수 냄새와 섞인다.

"그다음 얘기는 사돈어른들이 오신 다음에 하지 그래, 당신."

옆에서 아버지가 끼어들었지만 어머니는 들은 척도 하지 않았다. 쇼코가 보리차를 컵에 따라 테이블에 죽 늘어놓는다.

"그야 물론, 사돈어른이 놀라신 것도 무리가 아니지. 나도 너무 죄송해서."

어머니는 허풍스럽게 어깨를 떨구고 독선적인 투로 말을 잇는다.

"하지만 결혼이란 당사자들의 문제잖니. 며늘아기 너도 무츠키 일, 그러니까 곤하고의 일을 알고 결혼한 거잖아? 결국 애정의 문제지, 그렇잖아? 주변 사람이 아무리 뭐라고 해봐야, 두 사람 다 이제 어엿한 어른인데."

여러 말할 것 없지 않느냐는 식인 어머니의 박력에 나는 암담한 기분이었다. 오늘 하루를 무사히 넘길 수 있다면 그

것으로 다행이다.

쇼코의 부모님은 1시에 정확하게 나타났다. 집 안 공기가 갑자기 긴장되었다.

"친족 회의네."

귓가에다 쇼코가 비아냥거리듯 속삭인다. 그야 물론 우스꽝스러웠다고 생각한다. 부루퉁한 얼굴들이 보리 찻잔을 한 손에 쥐고, 조그만 테이블을 빙 둘러싸고 뿔을 맞대고 있었으니.

맨 처음 장인이 입을 열었다.

"설명해 주십시오. 도대체 어쩔 생각으로 아드님을 결혼시키신 겁니까. 알고 계셨죠? 아드님의, 그, 특수한 성벽이랄까, 체질이랄까……."

기다렸다는 듯이 어머니가 연애 지상설로 응전했다.

"네에, 저희야 당연히 반대했죠. 하지만 본인들의 의지가 워낙 굳어서. 무츠키와 쇼코 씨가 이렇게 깊이 서로를 사랑하고 있다면, 우리가 할 수 있는 일이란 그저 지켜보는 것일 뿐이란 생각에, 바깥양반과 둘이서 그렇게 생각했어요."

거기서 어머니는 말을 끊고 효과적으로 침묵했다. 그리고 다시 목소리의 톤을 높여 말을 이었다.

"게다가, 젊은 사람들에게는 미래가 있잖아요."

내 어머니지만 정말 대단하다.

"그러나, 그러면 그렇다고, 우리한테도 사전에 의논을 하셨어야죠."

옳으신 말씀입니다, 라고 말하고 고개를 숙인 쪽은 아버지였다.

"죄송합니다."

쇼코는 눈썹을 치켜올렸지만, 말은 하지 않았다.

"그보다 우리는, 쇼코가 우리에게 아무 얘기도 안 해 준 것이 서운해서."

장모가 훌쩍거린다. 그 기분 잘 알아요, 하면서 내 어머니까지 눈가를 눌러 대는 데는 어이가 없었지만, 아무튼 그런 식으로 대화는 당사자인 우리 부부를 제외한 채 착착 진행되었다.

"참 내, 도무지 믿을 수가 없군."

도무지 화가 나서 어쩔 줄을 모르겠다는 표정의 장인에게, 쇼코가 무성의하게 말했다.

"하지만 저도 마찬가지예요. 무츠키 씨나 저나 약점을 갖고 있는 걸요 뭐."

어머니가 그 말을 놓칠 리가 없었다. 결국 우리는 침실 서랍장 제일 윗단에서 진단서 두 통을 가져와 내보이는 신세가 되었다. 쇼코의 정신병이 정상적인 영역을 벗어나지 않는다는 증명서와, 내가 에이즈에 감염되지 않았다는 증명서다. 양 부모님은 마른침을 삼켰다.

"어처구니가 없군요."

어머니는 순간적으로 방향을 전환해 격분했다.

"동성애는 개인적인 기호의 문제지만 정신병이라면 사돈어른, 유전될지도 모르는 거잖아요."

"개인적인 기호?"

정말 어이가 없군, 이라고 장인이 말한다.

"게이입니다, 게이. 근본적으로 결혼할 자격이 없는 인종 아닙니까. 더구나, 정서 불안정이란 일시적인 겁니다. 구미에서는 너 나 할 것 없이 다들 정신과 치료를 받는 시대입니다."

나는 몸 둘 바를 몰랐다. 쇼코는 무표정하게 보리차를 마시고 있지만, 그녀 역시 견딜 수 없는 심정이리라고 생각한다.

"하지만 우리는."

할 수 없이 내가 말했다.

"우리는 이대로도 충분히 잘 지낼 수 있습니다."

쇼코가 분명한 목소리로 맞장구를 쳤다.

"그래요, 맞아요."

순간 침묵이 흐르고, 상당히 평정을 되찾은 목소리로 장인이 물었다.

"그래서, 자네 그, 뭐라고 해야 하나, 애인과 헤어질 거지?"

당연히 그렇게 물을 것이라고 예상하고 있었고, 나의 대답도 정해져 있었다. 헤어지겠습니다. 그렇게 말하려고 했다. 그런데 나는 말을 삼켰다. 곤의 등과, 콜라 냄새가 되살아났다.

"만약 무츠키 씨와 곤 씨가 헤어지면."

옆에서 쇼코가 말했다.

"그러면 나도 무츠키 씨와 헤어질 거예요."

거실에 있던 모든 사람들이 아연실색했다.

폭풍우 같은 오후였다. 결국 대화는 결론(그런 것이 있다면 말이지만)에 도달하지 못한 채 끝이 나고, 한없는 피로감만 남았다.

"자."

쇼코가 자기 컵을 내밀길래 한 모금 마셨더니, 보리차에서 위스키 맛이 났다. 보나마나 아이리시 위스키 언더록이다. 오호호. 쇼코는 신난다는 듯 웃었다. 건너편 베란다에서 주부가 이불을 걷어들이고 있다.

"후회하지 않는다고 말해."

위스키를 할짝거리며 쇼코가 말했다.

"……장인어른도 말씀하셨잖아. 근본적으로 결혼할 자격이 없는 것은 내 쪽이야."

놀랐다는 듯 쇼코는 내 얼굴을 보았다. 큰 눈이 점차 노기를 띠어 간다.

"자기 머리 나쁜 거 아냐?"

쇼코가 거칠게 말을 내뱉었다. 눈 깜짝할 사이에 얼굴이 새빨개진다. 몇 초 동안 나를 쏘아보고 나서, 그러고도 울지 않고 그 자리를 떠났다. 그늘진 거실에는 나와 청년의 나무와 세잔이 남겨졌다.

침실을 들여다보니, 아니나 다를까 쇼코가 침대에 엎드려 오열하고 있었다. 내 아내는 정말이지 분하다는 듯 운다. 곁에 걸터앉아 사과하면 베개에 얼굴을 묻고 오기 때문에라도 꿋꿋이 얼굴을 들지 않는다.

"후회하지 않아. 물론 후회하지 않아."

다만 쇼코가 늘 너무도 일관적이라, 나는 불안해서 눈길을 돌리고 마는 것이다. 과연 그런 식으로 사랑받을 가치가 있는지, 완전히 자신감을 잃고 만다.

"샴페인 마실래?"

울음소리가 다소 잦아들고, 쇼코는 베개에 얼굴을 묻은 채 희미하게 고개를 끄덕였다.

사 둔 식료품이 바닥나서, 양배추만 잔뜩 넣은 오코노미야키★를 만들어 저녁밥 대신 먹었다. 온 집 안에 연기가 자욱하고, 양념 타는 냄새가 난다. 저알코올 샴페인을 꿀꺽꿀꺽 마시면서, 우리는 오코노미야키를 한껏 먹었다.

"있지, 곤도 부르면 좋겠다."

쇼코는 눈두덩이 빨갛게 부은 얼굴로 고개를 약간 갸웃하고 제안했다.

그렇군, 이라고 대답하려는데 쇼코는 벌써 수화기를 들고 있다. 나는 서둘러 전화선을 꼽았나.

"앗, 곤? 쇼코야."

나는 베란다로 나갔다. 유리창 너머로 휘황하게 밝은 방에

★ 해물이나 고기를 취향에 따라 얹어서 만들어 먹는, 우리나라의 빈대떡 비슷한 음식

서 재미있게 조잘거리는 쇼코가 보인다. 저 두 사람이 언제 저렇게 친해진 거지. 하늘에는 새초롬한 반달이 떠 있다.

한 시간도 채 지나지 않아 곤은 커다란 수박을 껴안고 나타났다.

"아아, 후텁지근해. 열대야예요, 쇼코 씨."

"캘리포니아 오렌지주스 마실래?"

쇼코가 묻자 곤은 좋죠, 라고 대답한다. 손 씻고 양치질도 하고 와, 라고 나는 말했다. 철판에다 기름 뿌릴 거야.

"나는 새우하고 돼지고기 얹어서."

참 태연하게 농담도 잘하는 녀석이다.

쇼코는 부엌에서 오렌지를 짜고 있다.

"내가 할까?"

말을 걸자 단호하게 고개를 젓는다. 도마 위에는 절반으로 자른 오렌지가 세 쪽 나동그라져 있었다. 녹색 스탬프로, FLORIDA, 라고 찍혀 있다.

"나, 먹습니다!"

거실에서 한쪽 무릎을 세우고 앉은 곤이 힘차게 선언했다.

시끌시끌한 밤이었다. 식사를 한 다음, 신경쇠약과 바보

얼간이 놀이를 하며 신나게 놀고, 수박과 서양 오얏을 먹고, 셋이서 설거지를 했다. 쇼코는 왜 그런지 잔뜩 긴장하고, 몇 번이나 '아직 안 갈 거지' 하며 곤을 못 가게 했다.

"지난번에 무츠키가 사 온 CD 있잖아. 우리 그거 듣자, 그거."

그래서 우리는 커피를 마시면서 슈베르트의 환상곡을 들었다. 음악이 시작되자 곤도 쇼코도 금방 조용해졌다.

"불 꺼도 돼요?"

곤이 말했다.

불을 끄면 소리가 맑고 영롱하게 들리는 것은 왜일까. 창밖에는 검붉은색 밤이 펼쳐져 있는데, 방 안의 어둠이 훨씬 더 짙다. 우리는 바닥에 다리를 쭉 뻗고 앉아 있고, 피아노 소리만 방을 흐르고 있다. 템포가 빠른 투명한 음색. 밤하늘에 반달이 싸늘하게 빛나고 있다.

불을 켜고 시계를 보니 1시가 넘어 있었다. 쇼코는 벌떡 일어나, 그만 물러가겠다며 침실로 간다.

"쇼코 씨, 대단하네."

곤이 말했다.

"지금 자기가 시계 보는 거 눈치채고 물러간 거야."

말하지 않아도 알고 있다.

"데려다줄게."

라고 나는 말했다.

차는 한밤중을 똑바로 달린다. 오늘 밤 곤을 만나지 않고는 도저히 견딜 수 없었던 쇼코의 기분을, 나는 잘 알 수 있을 것 같았다.

끔찍하도록 긴 하루였다. 어머니의 가시 돋친 목소리와 장인의 험악한 표정, 눈물짓는 장모의 손수건 모양과 고개 숙인 아버지의 옆얼굴. 후회하지 않아. 마음속으로 쇼코에게 말한다.

일찌감치 등받이를 뒤로 넘기고 기댄 곤은 코를 골고 있다. 입은 반쯤 열려 있다.

"하여튼 별난 놈이야."

그러나 나 역시 이 녀석을 만나고 싶었다. 오른손을 곤의 허벅지에 올려놓는다. 다시 금방 손을 떼고, 어처구니가 없어 웃었지만, 그 후에는 왠지 쓸쓸해졌다. 반달이 여전히 덩그러니 밤하늘에 떠 있다.

11 — 별을 뿌리는 사람

성실함이란 무츠키에게는 상당히 소중한 것인 모양이다. 성실하기 위해서라면 그는 어떤 희생도 마다하지 않는다. 설령 그것이 친족 회의처럼 성가신 희생이라도 말이다. 덕분에 나는 무츠키의 몫까지 챙겨 점점 불성실해진다. 양쪽 부모님에 대해서도 미즈호에 대해서도, 그리고 아마도 무츠키의 양심에 대해서도. 암만 그래도 그렇지 왜 이렇게 뒤틀리고 마는 것일까. 나는 그저 무츠키와 함께 둘만의 생활을 지키고 싶을 뿐이다. 잃을 것이 하나도 없었어야 할 우리의 결혼 생활. 나는 무츠키를 만나기 전까지는 무언가를 지킨다는 생각을 한 번도 해 보지 않았다.

오전에, 인공 수정에 대해 의논하려고 카키이 씨를 찾았다. 예약한 시간에 가서 의료 보험증을 제출하고 초진 카드를 쓴다. 카드에는 녹색 굵은 글자로 산과·부인과라고 쓰여 있고, 그 글자는 왠지 처음 보는 단어처럼 기묘하고 즉물적이었다.

"아니, 사모님."

간호사가 이름을 불러 문을 열자, 카키이 씨는 놀란 얼굴로 나를 보았다.

"외래에 진찰받으러 오신 겁니까?"

이상하다는 듯 말하고, 몹시 형식적으로 무슨 일입니까, 라고 묻기는 했는데, 그 목소리에도 시선에도 의사다운 뉘앙스는 없었다.

"좀 의논할 일이 있어서요. 인공 수정에 대해서."

순간 카키이 씨의 표정이 굳어졌다.

"아, 그, 잠깐 기다려 주세요."

당황한 듯한 목소리.

"그러니까, 저, 같이 식사라도 하면서 얘기하는 편이 좋지 않을까요?"

횡설수설이다.

"미안하지만, 가 볼 데가 있어서요."

나는 딱 잘라 말했다. 사전에 미리 예약을 했고, 의료 보험증까지 지참해 절차를 밟고 진찰실까지 들어온 것이다. 쫓겨날 이유가 없다.

안내된 곳은 좁은 진찰실이었다. 삶은 달걀을 만드는 기계 같은 조명 기구, 발걸이가 달린 진찰대, 목이 높은 의자가 하나, 그리고 비데.

"뭐 진찰은 안 해도 괜찮아요."

내가 주춤하자 카키이 씨는 희미하게 웃으면서 알고 있습니다, 라고 말했다.

"저쪽에는 간호사가 있어서요."

잊고 있었는데, 여기는 무츠키가 다니는 병원이기도 하다. 나는 자신의 경솔함을 부끄럽게 생각했다. 초진자 카드에 기시다 쇼코라고 쓴 이상, 아무리 외래여도 무츠키와 아무 상관 없는 척할 수는 없는 것이다.

"그러니까, 음."

카키이 씨는 오른손등으로 안경을 밀어 올린다.

"인공 수정에 대해서 알고 싶다는 말이죠?"

설명하는 동안 카키이 씨는 마치 다른 사람 같았다. 손톱을 물어뜯지도 바쁘게 눈을 깜빡이지도 않았다. 차분한 말투도 의사답고, 냉정함과 인간미를 갖추고 있었다. 그 변모가 감동적일 정도였다.

다만, 설명은 듣기가 지겨울 정도로 재미없었다. 내가 알고 싶었던 것, 어떻게, 어떤 순서로 진행되는지, 어느 정도의 비용이 드는지 그런 것은 전혀 언급하지 않고, 아침 조회 시간의 교장 선생님 훈화 같은 설명이 끝없이 이어진다. 일본 산부인과학회에서 발표한 통일 윤리 기준(법률이 아니니까 강제력은 없지만, 이란 전제를 두고, 이 기준에 따르면, 인공 수정이 아니면 임신할 가능성이 없는 부부에게만 시술할 수 있다고 되어 있습니다, 라고 카키이 씨는 말했다)이니, 미국 불임 학회의 견해니 영국의 정부 기준이니, 그런 아무래도 상관없는 얘기들만 잔뜩 늘어놓았다. (그래서 나는 카키이 씨의 설명이 끝나기를 끈질기게 기다렸다가 여러 가지를 물어야 했다. 통일 윤리 기준보다 훨씬 현실적이고, 보다 중요한 문제가 많은 것이다.)

카키이 씨는 하나씩 성실하게 대답해 주었다. 중요한 부분에서 말을 얼버무리는 흠은 있었지만, 적어도 의료 용어 사전만큼은 유익했다.

"아무튼."

얘기를 마무리하기 위해서라기보다 내 질문을 마무리 짓기 위해 카키이 씨는 말했다.

"우선은 무츠키와 충분히 얘기를 나누어야 할 겁니다."

병원에서 돌아오는 길에 친정에 들렀다. 오늘의 메인 이벤트다. 낯익은 언덕길을 오르면, 오른쪽에 있는 하얗고 커다란 집, 왼쪽에는 물푸레나무 울타리. 개가 있는 집 앞을 지나 아파트 모퉁이를 오른쪽으로 돌면 이십몇 년을 산 우리 집이다. 옅은 갈색 토벽에 파란 기와지붕의 내가 자란 집. 적갈색 대문, 색이 바래 글자를 제대로 읽을 수 없는 나무 문패. 나는 현관벨을 눌렀다. 엄마는 그냥 들어오면 어때서, 하고 늘 말하지만 나는 습관적으로 벨을 누르고 만다. 그 외에는 이 집에 들어갈 방법이 생각나지 않는 것이다.

"네."

인터폰을 통해 들리는 어머니의 음울한 목소리.

"쇼코예요."

나는 나직하게 말했다.

거실 다다미 바닥에 다리를 뻗고 앉아, 정원에 있는 감나무를 바라보면서 차를 마신다. 화창하고 온화한 오후다.

"전화라도 해 주면 좋잖니."

부엌에서 배를 깎으면서 엄마가 말했다.

"아무것도 없구나. 미리 알았으면 좀 사다 놓았을 텐데."

게다가 아버지도, 라고 엄마는 말을 잇는다.

"오늘은 늦으실 거다. 네가 올 줄 알았으면 부랴부랴 빨리 들어올 텐데."

알고 있다. 그래서 일부러 월요일에 온 것이다. 금요일에는 어디를 가든 복잡하니까, 마시러 가는 것은 월요일에 한한다, 가 아버지의 지론이다. 안됐지만 아버지의 부하 직원들은 주초부터 위장약 신세를 지고 있다.

"있지, 전할 뉴스가 있어서 왔어."

부엌 구석에 서서 나는 말했다.

"무츠키, 애인이랑 헤어졌어."

칼을 놀리던 어머니가 손길을 멈추고, 기대와 의심이 뒤섞인 표정으로 나를 빤히 본다.

"정말이냐?"

나는 온 신경을 집중해, 가능한 한 복잡한 표정을 지으며 고개를 끄덕였다.

"나는 헤어지지 않아도 된다고 말했는데, 그 사람 분명하게 하고 싶었나 봐. 상식적인 가정을 꾸리고 상식적인 아이를 갖자네."

"……상식적인 아이?"

어머니는 무슨 소리냐는 표정이다.

"그러니까, 음. 즉 상식적인 수단으로란 뜻이겠지 뭐."

순간적으로 침묵하고, 어머니는 스무 살 처녀처럼 웃었다.

"아유 얘는."

나도 같이 웃고 싶었지만, 나 자신이 바보스럽게 느껴져 웃음소리가 잦아들고 말았다.

"엄마하고 아빠, 좋아할 것 같아서 알려 주러 왔어."

나도 모르게 짜증스러운 목소리로 말하자 엄마는 그제야 믿기는지, 조그맣지만 속눈썹이 길고 비교적 아름다운 눈이 환희로 반짝였다.

"아이고."

짧은 감탄사를 발하고 입을 다물더니, 이번에는 그 눈에 눈물이 고인다.

"잘됐다. 정말 잘됐어. 얼마나 걱정했는지 아니. 아버지도 기뻐하실 거다."

계획한 대로다. 정말 순진한 사람이다, 우리 엄마는.

"빨리 알려야지."

엄마는 서둘러 복도로 나가 전화기로 향한다.

"집에 오면 얘기해도 되잖아."

나는 그렇게 말했지만, 엄마는 상관 않고 수화기를 들었다.

"무슨 소리예요. 당신한테 제일 먼저 알려야지, 그럼 어쩌란 말이에요."

불길한 예감이 들었다.

수화기에다 대고 엄마는 5분 정도 분투했다.

"정말이라니까, 그러네. 쇼코를 보면 그 정도는 알 수 있다고요. 어미의 느낌이란 게 있는데. 당신도 돌아와 보면 알 수 있을 거예요. 그야 물론 그렇지만, 하지만 당신, 그렇게 자기 딸을 못 믿어서야, 쇼코가 가엾잖아요."

엄마의 말투가 점점 힘을 잃는다.

"아니요, 쇼코 혼자서 왔어요. 지금 낮인데 병원에 있을 거 아니에요. 그야 그렇지만, 쇼코는 조금이라도 빨리 알려주려고 그런 거겠지요. 네에, 그건 뭐, 네, 그래요, 잠깐 기다려요."

거기서 엄마는 수화기에서 입을 떼고 한 손으로 누른 채, 나를 향해 물었다.

"오늘 밤 기시다 서방도 올 거지?"

나는 당황해서 고개를 젓는다.

"야근이야."

엄마의 표정이 약간 어두워졌다.

"아버진 말이지, 그런 일은 기시다 서방이 직접 와서 전해야 마땅하다고 하신다. 그야 엄마도 물론 맞는 말이라고 생각은 하지만, 야근이라면 어쩔 수가 없겠지. 내일은 어떠냐? 기시다 서방도 물론 근일 중에 올 생각이겠지?"

고개를 끄덕이는 수밖에, 달리 내가 어떤 반응을 보일 수 있었을까.

집으로 돌아오자, 왠지 맥이 축 빠지고 피로가 몰려왔다. 창문을 열어 환기를 하고, 핌즈를 진저에일에 섞어 마신다. 가능하면 무츠키를 끌어들이고 싶지 않았는데, 이렇게 된 이상 협력해 달라고 하는 수밖에 없다. 그래 봐야 하룻밤만 넘기면 되는 일이다. 나는 반짝반짝 닦인 바닥에 엎드리고 누워, 베란다 너머로 저녁 하늘을 바라보았다. 빰이 싸늘해서 상쾌한 기분이다. 눈을 감고 온몸으로 귀 기울인다. 정겹고 청결하고 편안한 방의 기척. 이러고 있으면 무츠키에게 안겨 있는 것 같다. 나는 그대로 꼼짝하지 않았다. 얼마나 온감 있는 방인지 모른다. 벽도 창문도 천장도 바닥도, 전부 나를 지켜 주고 있다. 눈을 뜨지 않아도 알 수 있다. 느낄 수 있다. 여기가 내 장소란 것을.

무츠키가 돌아왔을 때, 나는 바닥에 누운 채 옅은 잠이 들어 있었다. 어깨에 담요를 덮어 주는 손길이 느껴져 눈을 떴다. 밖은 완전한 밤이다.

"자기 왔어."

몽롱한 의식으로 말하자, 무츠키는 싱긋 웃었다.

"다녀왔어. 크로켓 사 왔는데."

그러고 보니 냄새가 난다.

저녁밥을 먹으면서 나는 우선 아기 얘기부터 꺼냈다.

"한 명 정도는 낳아도 좋을 것 같아."

무츠키는 이상하다는 표정이다.

"갑자기, 무슨 소리야?"

"오늘 카키이 씨한테 배웠는데, 냉동 수정이란 방법은 착상할 확률이 아주 높대. 젊을 때 하면 성공률이 더 높고. 마흔 살 돼서 하면, 자궁에 착상하는 비율이 3에서 7퍼센트 떨어진다고 그랬어."

"……마흔 살이라면, 앞으로 13년이잖아."

"그렇지."

나는 우물쭈물, 조그만 목소리로 말했다. 하지만 아기를 낳으면, 시어머니도 나를 인정해 줄지 모르잖아.

"……."

무츠키는 약간 긴장된 표정이다.

"하지만 쇼코, 아기를 낳으면 기르지 않으면 안 되잖아. 개를 키우는 것하고는 얘기가 다르다고, 도중에 내다 버릴 수도 없는 거고."

"개한테 상당히 무례한 말투네."

무츠키는 한숨을 쉬었다.

"난 그저, 그렇게 간단히 아이를 가질 수는 없다는 뜻으로 말하는 거야. 우리 어머니에 대해서는 쇼코가 신경 쓰지 않아도 돼."

이번에는 내가 한숨을 쉴 차례였다.

"하지만, 어느 선에서 현실과 타협을 하지 않으면 안 되잖아?"

나는 홍차를 끓이고, 우리는 둘 다 아무 말 없이 홍차를 두 잔씩 마셨다.

"내일 밤, 무슨 계획 있어?"

부모님이 식사하러 오래, 라고 말하자 무츠키는 놀란 표정이었다. 친족 회의가 있던 날 후로, 그들과는 전혀 연락을 주고받지 않았다.

"무슨 속셈이지?"

나는 설명했다. 낮에 친정에 들렀다는 것, 거짓말로 둘러댔더니 엄마가 매우 기뻐했다는 것, 아버지와 엄마의 전화 내용.

"간단한 일이야. 내일, 병원에서 돌아오는 길에 잠깐 들르기만 하면 돼. 같이 식사를 하고, 그리고 딱 한 마디, 곤이랑 헤어졌다고만 말하면 끝나는 일이야."

나는 되도록 별일 아니라는 듯 말했다.

"하지만 쇼코."

무츠키는 무겁게 입을 연다.

"그건 사실이 아니잖아. 쇼코 부모님에게 어떻게 그런 거짓말을 하란 말이야."

"또 그러네."

나는 온몸의 힘이 한꺼번에 빠지고 말았다.

"답답하게 좀 굴지 마."

비난할 생각으로 한 말인데 빈약한 중얼거림이 되고 만다.

"부탁이야. 이번만은 내 말대로 해."

무츠키는 슬픈 얼굴로 나를 쳐다보고, 잠자코 말이 없었다. 부탁이야, 하고 나는 다시 한번 말했지만 무츠키는 바로 대답하지 않았다.

정신을 차렸을 때는, 옆에 있는 물건을 죄다 무츠키에게 던지고 있었다. 홍차 깡통, 찻잎 거르개, 민트병, CD 재킷, 물뿌리개, 문고본. 하나하나 던지면서, 나는 흐르는 눈물에 나를 맡겼다. 목구멍에서 꺽꺽거리는 소리가 들린다. 무츠키는 마치, 양심이란 바늘을 잔뜩 곤추세우고 있는 고슴도치 같다. 무츠키는 사실을 있는 그대로 말하기를 두려워하지 않는다. 물론 나는 그게 죽도록 무서워서, 말 따위는 사실을 말하기 위해 있는 것이 아니라고 생각하고 있다. 정말 슬펐다. 어째서 결혼 따위를 한 것일까. 왜 무츠키를 좋아하게 된 것일까.

"쇼코!"

무츠키가 뒤에서 껴안듯 나를 꽉 누른다. 그러고서야 나는 자신이 몹시 떨고 있음을 알았다. 스스로를 컨트롤하지 못한 채, 우는 소리만 점점 더 커진다. 나는 이제 무츠키 없이는 살 수 없다.

"괜찮아. 괜찮으니까 진정해."

땀과 눈물로 얼굴에 딱 달라붙은 머리칼을 무츠키가 천천히 끌어올려 준다. 무츠키 손바닥의, 크고 마르고 부드러운 감촉. 나는 너무도 서글퍼서 무츠키의 팔 속에서 몸을 비틀었다.

"쇼코?"

무츠키처럼 선량한 사람에게는 아무렇지 않은 일일지도 모른다. 가족으로서의 자상함과 우정, 그저 그뿐인지도 모른다. 그런데도 나는, 때로 견딜 수 없이 괴로워진다. 온몸이 애처로운 과일처럼 되어 버린다. 머리칼을 쓰다듬어 주는 손바닥과 피어스를 끼워 주는 손가락이, 나의 악의를 비난한다.

"놔. 이제 괜찮아."

무츠키와 잘 수 없어서가 아니라, 이렇게 태연하게 부드럽고 자상한 무츠키를 견딜 수 없다. 물을 안는 기분이란 섹스가 없는 허전함이 아니라, 그것을 서로에 대한 콤플렉스라 여기고 신경을 쓰는 답답함이다.

결국 나는 이튿날 아침 엄마에게 전화를 걸어, 무츠키는 현재 중요한 논문을 쓰고 있어서 당분간 놀러 갈 수 없다고 말했다.

무츠키가 입술이 퉁퉁 부어 돌아온 것은 그로부터 나흘 후였다. 입가는 불그죽죽하게 부어 올랐고, 아랫입술은 한 군데 찢어졌다. 곤에게 얻어맞았다고 한다. 순간 불길한 생각이 머리를 스친다.

"설마 당신, 곤이랑 헤어지자는 얘기를 한 건 아니겠지?"

무츠키는 고개를 저었다. 아니, 그런 건 아니야.

"다행이다."

나는 가슴을 쓸어내리고, 그리고 다시 무츠키의 상처를 바라보았다. 별거 아니라며 무츠키는 웃었지만, 웃는 얼굴이 몹시 침울했다.

"원인이 뭐였는데?"

무츠키는 그 물음에는 대답하지 않고, 느닷없이, 우리 곤 얘기할까, 라고 말했다. 자기가 먼저 말을 꺼내기는 처음이었다.

"어떤 얘기?"

"우리가 만난 계기가 된 얘기."

잠깐잠깐, 바로 준비해 올 테니까, 라고 나는 말했다. 얼음을 넣은 잔 두 개와 아이리시 위스키 병을 가지고 온다.

“자 됐어, 시작해.”

그 무렵 곤은 고등학생이었고, 나는 막 대학원에 들어갔었어, 라고 무츠키는 얘기를 시작했다. 하기야, 그때까지도 우리는 집도 서로 가깝고 해서 사이좋게 지내고 있었지만, 뭐 형제나 다름없었지. 어울리지 않는다고 생각할지 모르겠지만, 고등학교에서 곤은 미술부였거든, 제법 솜씨가 좋았어, 콩쿠르에서 입상도 하고. 그런데 어느 날, 깊은 밤이었는데, 곤이 내 방 창문으로 기어올라와, 늘 그런 식으로 방에 들어왔거든, 여기서 그림을 그리게 해 달라는 거야. 보니까 등에다 배낭을 메고 있고, 그 배낭에 물감하고 붓, 오일이니 걸레니 캔버스까지 꽉꽉 들어차 있잖아. 발목에는 로프가 묶여 있고, 그 로프를 잡아당기니까 이젤이 올라왔어. 보름달이 떠 있었고, 마치 가출한 소년 같았어. 그날부터 곤은 매일 찾아왔어. 한 일주일 정도 지나 그림은 완성되었는데, 일부러 내 방까지 와서 그렸으니까, 틀림없이 무슨 특별한 그림일 거라고, 어쩌면 나의 초상을 그렸을지도 모른다고 기대하고 있었는데, 그게 그냥 밤하늘을 그린 그림이잖아. 어둠 속에 수많은 별이 아로새겨져 있는, 그냥 그런 그림이었어. 그 그림을 나한테 주겠다고 하더군. 쇼코가 알 수 있을지 어떨지 잘 모르겠지만, 나는 그 그림이 고통스러운 러브 레터라는 것을 금방 알 수 있었어. 우리는 너무 오랫동안 가까이 있었으니까 말이지. 그림 속의 밤하늘은 정말 깊고 맑고 조용했어. 그리고 그 밤이 시작이었지.

무츠키는 얘기를 끝내고 위스키를 한 모금 마셨다.

"콜라 냄새났어?"

내가 묻자 무츠키는 피식 희미하게 웃고는, 기억이 잘 안 나, 라고 말한다. 그럴 여유가 없었어.

나는 잔을 들고 베란다로 나갔다. 멀리 달리는 전철이 보이고, 정확한 간격으로 줄지어 흐르는 차창의 불빛이 옆으로 휙 지나간다. 저 안에 사람이 타고 있다니 거짓말 같다고 생각했다. 어둠에 별이 아로새겨져 있는 그림이란 말이지. 무츠키의 인생에서, 나는 아무리 발버둥 쳐도 곤을 따라잡을 수 없다. 무츠키는 왜 느닷없이 그런 얘기를 한 것일까.

이튿날 아침, 내가 얕은 잠에 빠져 있는데 벌써 일어나 있던 무츠키가 침실로 들어왔다. 침대 옆에 서서, 가만히 내 얼굴을 내려다본다. 나는 가늘게 눈을 뜨고, 잘 잤어, 라고 말해 보았다.

"음, 잘 잤어?"

무츠키는 여느 때처럼 미소 지었다. 오른손에 엽서를 쥐고 있다.

"커피 마실래?"

음, 하고 대답하자, 무츠키는 엽서를 침대 위에 놓고 부엌으로 돌아갔다.

"지금 끓여 가지고 갈게. 그 엽서, 곤이 보낸 거야. 아침 신문하고 같이 우편함에 들어 있었어."

"아, 그래."

나는 일어나, 우표도 붙어 있지 않은 그 엽서를 읽었다. 까만 잉크로 꼼꼼하게 쓴 글자가 조르륵 나란하다.

> 기시다 무츠키 씨, 쇼코 씨
>
> 잠시 여행을 다녀오겠습니다. 행선지는 동북 지방이 될지 남미가 될지, 오키나와나 어쩌면 아프리카가 될지도 모르겠습니다. 걱정하지 마세요. 그럼 건강하게.
>
> 곤

사태를 파악하기 위해서, 나는 그 글을 다섯 번 정도 되읽어야 했다.

12 물이 흘러가는 곳

곤이 모습을 감춘 지 한 달이 지났다. 초조함과 혼란의 한 달.

첫 일주일 동안, 안절부절못한 것은 나보다 오히려 쇼코였다. 곤의 부모님이 사는 집과 대학으로 찾아간 것도 쇼코였고, 공항에 전화를 걸어 모든 비행기의 탑승자 명단을 조사해 달라고 부탁한 것도 쇼코였다. (집에서도 대학에서도 단서는 얻을 수 없었고, 물론 공항 담당자는 상대조차 해 주지 않았다.)

그녀는 내게 화풀이를 했다.

곤에게 대체 무슨 짓을 한 거야, 라고 그녀는 말했다. 거의 싸울 기세로 나를 비난하면서 점차 절망적인 얼굴이 되어 갔다.

"이제 끝났어."

빨개진 코로 그렇게 말하고, 그다음은 입을 꾹 다물어

버린다. 마치 무언가로부터 버려진 사람처럼, 맥없는 표정이었다.

기묘하게도, 그 일주일 동안 나는 의외로 침착했다. 없어진 곤 보다도, 곁에 있는 쇼코가 더 걱정일 정도였다. 그 때문에 더욱더 내 안에서 곤이 차지하고 있는 완벽한 위치와 신뢰를 의식하지 않을 수 없었다. 나는 마음 어느 한구석으로 대수롭지 않게 여기고 있었던 것이다. 곤이 나를 떠날 리 없다고.

일주일이 지나자, 사태는 갑자기 변했다. 내가 병원에서 돌아오자 이미 저녁 준비가 다 돼 있고(그래봐야 여러 가지 빵을 구워 바구니에 담고, 배와 포도를 씻어 큰 접시에 담아 놓았을 뿐이지만), 쇼코가 생글거리며, 어서 와, 라고 말했다.

"기다리고 있었어. 아 배고프다."

캘리포니아 와인을 커다란 잔에 가득가득 따라 마신다.

"곤을 수색하는 건, 일단 그만두기로 했어."

쇼코는 극단적으로 기분이 좋고, 말이 많고, 피부는 발그레 달아올라 있었다.

"곤에게는 곤 나름의 사정이 있을 테니까."

무슨 일 있었냐고 내가 묻자, 쇼코는 아니라고 대답하며 배아빵을 뜯어 입에 넣는다.

"그냥, 곤이 여행 다니는 동안, 성가신 일을 해치우면 되겠다는 생각을 했을 뿐이야."

"성가신 일?"

나는 질문하고, 쇼코는 역시 그 말에는 대답하지 않는다.

"곤도, 틀림없이 그럴 생각으로 여행을 떠나 준 걸 거야."

"곤을 만났어?"

나도 모르게 목소리가 날카로워졌지만, 쇼코는 무슨 소리냐는 듯 고개를 젓는다.

"어떻게 만나?"

아유, 놀래라, 무츠키. 갑자기 큰 소리를 지르고.

"미안해."

내가 사과하자 쇼코는 아주 짧은 순간 호젓한 표정을 짓고는 사과할 거 없어, 라고 말하고 고개를 돌렸다.

"괜찮아. 곤은 다부진걸 뭐."

나는 나직한 목소리로, 그래, 라고 대답한다. 그래, 그놈은 다부져. 그리고 우리는 빵과 과일을 먹고, 한 시간 만에 와인 한 병을 다 비우고 말았다.

하루하루 날이 지남에 따라 쇼코의 '괜찮아'는 확신을

더해가는 듯(내 기분은 그와 반비례해 불안으로 요동치고 있었지만), 그녀는 척척 아주 사무적으로 '성가신 일'을 처리해 나갔다. 우선 미즈호 씨와 화해를 하고, 곤이 사라졌다고 슬쩍 말했다. 물론 그 말은 쇼코의 부모님 귀에 들어갔고, 우리는 쇼코의 친정으로 불려 가 장인 앞에서 무릎을 꿇고 상황의 전말을 보고했다. 이게 무슨 짓일까. 나는 두 손을 무릎에 올려놓은 채, 그저 얼떨떨한 기분이었다. 왜 우리 일을, 이런 식으로 이 사람들에게 보고하지 않으면 안 되는 것일까. 점잔을 떨고 있는 장인의 얼굴, 들며 나며 앉았다가 섰다가, 차를 따랐다가 따른 데 더 따랐다 하며 허둥거리는 장모의 모습. 나는 그런 것 모두가 왠지 시답잖게 느껴졌다.

"그래서 자네 마음의 정리는 다 되었는가?"

장인이 묻고, 나는 마치 조그만 어린애처럼 위축되어, 네, 라고 대답한다.

"네, 여러 가지로 걱정을 끼쳐드려서 죄송합니다."

대체 이게 무슨 짓일까. 난 여기서 무슨 짓을 하고 있는 것일까.

"곤이 없어졌다고 해서가 아니야. 그건 결론에 지나지 않으니까."

쇼코가 옆에서 끼어들었다. 장인 대신 장모가 몇 번이나 고개를 끄덕거리며 대답한다.

"그래 물론 알고 있어. 지난번에 네가 왔을 때, 이 엄만 다 알겠더라. 아버지도 너를 딱히 의심하고 있는 것은 아니야. 다만 이런 일에는 신중을 기하지 않으면 안 되니까."

그런 후 우리는 장어구이를 얻어먹고, 일부러 가나자와에 주문해서 배달시켰다는 일본 술을 마셨다. 장인은 정말 기분이 좋았다고는 할 수 없지만, 그래도 마지막에는 내 손을 잡고 "잘 부탁하네"라고 말했다. 그 말은 나에 대한 신뢰이며 동시에 최후통첩이기도 했다.

차에 오르자, 나는 우선 선루프를 열고(쇼코는 차멀미를 하기 때문에, 무의식적인 습관이 되어 있다), 카세트테이프를 세트한다. 요즘 쇼코가 좋아하는 〈책 읽어주는 여자〉의 사운드트랙판으로 여덟 곡의 베토벤으로 구성되어 있다. 나란히 서서 배웅하는 장인 장모에게 인사하고 나는 액셀을 밟았다.

언덕이 많은 주택가를 시속 20킬로미터로 달린다.

"이제 된 건가?"

내 목소리에 쇼코는 앞을 향한 채 고개를 끄덕이고, 고마워, 라고 말했다. 아까까지의 명랑함은 이미 흔적도 없고,

그녀가 점점 우울해져 가는 것을 알 수 있었다. 큰길로 나가자, 속도계의 바늘과 같은 속도로 쇼코의 미간이 점점 험악하게 좁아져 갔다.

"괜찮아. 약속은 꼭 지킬게."

음, 하고만 나는 말했다. 약속이라기보다 교환 조건 같은 것이다. 내가 그들의 소집에 응하고 '증언'을 하면 쇼코는 당분간 인공 수정에 관한 일을 잊기로 한 것이다. 말을 먼저 꺼낸 것은 쇼코였고, 그녀는 그것을 거래라고 했지만 거래든 약속이든, 그런 것을 위한 행동이 나로서는 소름이 끼칠 정도로 허무한 일로 여겨졌다.

곤이 사라져 버리기 전날, 카키이로부터 내선 전화가 걸려 왔다. 카키이는 분노에 떠는 목소리로 산부인과 의국으로 호출 명령을 내렸다. 예사롭지 않은 분위기에 서둘러 달려갔더니, 카키이의 의자에 곤이 앉아 있었다. 곁에는 카키이가 버티고 서 있었다. (주위에 의사가 없었기에 얼마나 다행이었는지 모른다.)

"무츠키."

부탁이니까 이놈 좀 당장 쫓아내, 라고 카키이는 말했다.

카키이는 분노로 파랗게 질려 있었다.

"무슨 짓을 한 거야?"

곤은 태연한 표정으로 시치미를 뗐다.

"그냥, 장난을 좀 친 것뿐이야. 별일 아니라고."

카키이는 격분했다.

"여기는 병원이야. 그런 젖먹이 어린애 같은 짓을 하면 곤란하다고."

젖먹이 어린애.

"무슨 짓을 했냐니까?"

나는 다시 한번 물었다. 카키이의 비극적인 꼴로 봐서, 상당히 심한 짓을 한 것이 틀림없었다.

"이거야."

곤이 턱으로 가리킨 것은, 책상 위에 놓여 있는 직경 7센티미터 정도의 고무 장난감이었다. 천박한 황록색 개구리 모양이다.

"농담이겠지."

나는 카키이와 곤을 번갈아 보았다. 양쪽 다 입을 꾹 다물고 있다. 너무도 어처구니가 없어서, 온몸의 힘이 빠져나간다.

"믿을 수가 없어."

그야 누구에게나 싫어하는 것은 있다. 카키이의 경우 그것은 개구리고, 옛날부터 여자보다 무섭다고 말하곤 했었다. 그러나 그렇다고 해서, 이게 진짜로 화를 낼 만한 일인가. 그리고 곤도 곤이다. 이런 장난을 하기 위해 일부러 병원까지 찾아오다니.

둘 다 심통 맞은 얼굴이다. 나는 하도 어이가 없어서, 그만 피식 웃고 말았다.

"하여튼 대단하다."

둘 다 대단한 젖먹이 어린애다. 내가 화를 내지 않고 웃자, 곤은 자기 뜻대로 되었다는 표정이다.

"둘 다 어떻게 된 거 아니야?"

고개 숙인 카키이가 말하고, 나는 카키이가 울음을 터뜨리는 것은 아닐까 싶었다. 아까까지 새파랗게 질려 있었는데, 어느 틈엔가 새빨개져 있다.

"잘 익은 감이로군, 마치."

곤이 혼잣말을 하듯 말하자, 내가 뭐라 꾸짖을 새도 없이, 카키이 스스로 곤을 쏘아보면서 말했다.

"쇼코 씨가 이상해지는 것도 이해가 가."

라고 불쾌하다는 듯 말했다.

“그녀에게 동정이 가네.”

쇼코를 들먹여 불쾌해진 것은 나뿐이 아닌 것 같았다. 무슨 뜻입니까? 라고 힐문한 것은 내가 아니라 곤이었다.

“월요일 날 쇼코 씨가 나를 찾아왔었어.”

특종감을 털어놓는 듯한 말투였다.

“알고 있어, 쇼코한테 직접 들었어.”

“얘기의 내용도?”

“물론.”

나는 곤을 힐끗 쳐다보았지만, 새삼스럽게 자리를 비켜 달라고 해서 비켜 줄 녀석이 아니다.

“인공 수정 얘기잖아. 젊을 때 하는 편이 좋다느니, 냉동 수정을 하면 확률이 높다느니.”

그건 나의 해설이지, 라고 카키이가 말했다.

“쇼코 씨의 질문 내용은, 그런 일반적인 게 아니었어. 훨씬 더 구체적이고, 뭐랄까 아주 엉뚱한 것이었다고.”

가기이는 심각한 표정으로 잠시 말을 끊고, 말하기 어렵군, 이라고 말했다.

“말해 봐.”

“…….”

이런 때의 카키이는 정말이지 시간이 걸린다. 5분 정도 입씨름을 하고서야, 카키이는 간신히 입을 열었다.

"쇼코 씨의 생각은, 그러니까, 말하기 어려운데 그, 무츠키의 정자와 곤의 정자를, 미리 시험관에서 섞어서 수정할 수 있느냐는 거였어. 그렇게 하면, 그러니까 그, 모두의 아이가 될 수 있을 거라면서."

아연했다. 그런 경우가 있을 수 있을까. 한 1분 정도, 아무도 입을 열지 않았다.

그러다 갑자기, 곤이 내 턱을 친 것이다. 막무가내였다. 나는 책상으로 쓰러졌고 서류더미가 바닥으로 쏟아졌다.

"이런 식으로 상대방을 궁지에 몰아넣다니, 무츠키는 쇼코 씨랑 결혼해서는 안 되는 거였어."

곤답지 않은, 감정적인 말투였다. 내가 쇼코뿐만 아니라 곤 역시도 줄곧 괴롭히고 있었다는 당연한 사실을, 나는 그 때서야 처음 깨달았다.

그다음 날, 곤이 홀연히 사라진 것이다.

주차장에 차를 세우고, 안전벨트를 풀고 카세트테이프를 꺼내고, 선루프를 닫고 엔진을 껐다. 그러나 쇼코는 차에서 내리려 하지 않았다.

“쇼코?”

돌아오는 길, 쇼코는 거의 아무 말도 하지 않았다. 낮게 줄인 볼륨으로 베토벤이 넘쳐흐르는 답답한 공간에서, 그저 입을 다물고 미간을 찌푸리고 있었다.

“외로워?”

내 얼굴을 보지 않고 쇼코가 묻는다.

“곤이 없어져서 외롭냐고?”

옆얼굴이 소름 끼치도록 긴장해 있었다. 앞 유리창 너머로 바깥 어둠을 응시하고 있다.

“외로워.”

나는 정직하게 대답하고, 외롭다기보다는 어째야 좋을지 모르겠어, 하고 덧붙였다. 정말이지, 지금 이 기분은 외로움과는 다른 감정이고, 그 정체 모를 감정은 나란 존재 전체와 관계된 것이리라. 보다 근원적인 불안. 그런데도 곤이 사라졌다는 사실을 아직은 반신반의했다. 쌍둥이 중 한쪽이 먼저 죽으면 이런 기분일지도 모르겠다.

문득 쇼코를 보니, 훌쩍훌쩍 울고 있었다. 얼굴을 찡그리고 어린애처럼 오열하고 있다. 미안해, 라고 말하자 쇼코는 두 손으로 얼굴을 가린 채 점점 더 격렬하게 울어 대면서, 고통스럽게 공기를 숨 쉬고 울음 사이사이로, 그렇게 말하지 마, 라고 말한다.

"도무지 어째야 좋을지, 방법이 없어. 이제는 방법이 없어."

정말 비통한 울음이었다. 아무튼 어깨를 껴안아 주려고 하자, 거꾸로 쇼코가 내 목에 매달렸다. 울면서, 소스라칠 만큼 억센 힘으로. 얼떨떨해 있는 나의 오른뺨과 목덜미가 쇼코의 숨과 눈물로 따가울 정도로 뜨겁게 젖어간다. 쇼코는 두 손으로 내 머리칼을 움켜쥔 채, 한참을 그렇게 울었다. 목을 물고 늘어져 있는 것 같아, 나는 모든 사고를 정지하고 품 안에 이렇듯 무방비하고 부드러운 쇼코의 몸을 가만히 안고 있었다. 영원처럼 긴, 닫힌 시간이었다.

"이제 됐어."

몸을 떼고 쇼코는 그렇게 말했다. 약간 겸연쩍은 듯 눈으로만 웃었다.

"어쩔 수 없는 일이지 뭐. 곤이 없어져서 나도 외로우니까."

후련하게 말하고, 끈적끈적해진 얼굴을 손바닥으로 닦는다. 그리고 유독 확신에 찬 표정으로 곤은 곧 돌아올 거야, 라고 단언했다.

차에서 내리자 9월의 밤바람이 산들산들 시원하게, 쇼코의 눈물로 푹 젖은 목덜미를 부드럽게 휘감았다.

집으로 들어와 나는 샤워를 하고, 베란다에 나가 별을 바라보았다. 쇼코는 화분에 홍차를 주면서, 부자연스러울 만큼 큰 소리로 노래를 부르고 있다. 〈갓난아기의 귀〉란 노래다. 여느 때 같으면 위스키 잔을 한 손에 쥐고 옆으로 올 텐데, 오늘 밤은 전혀 다가오지 않는다. 내 쪽에서도 어영부영 방으로 들어갈 타이밍을 잡지 못하고 있었다. 그렇게 잠시 껴안고 있었을 뿐인데, 서로 부끄러워하고 있는 게 우스웠다. 나는 유리창에 비친 자신의 모습을 똑바로 보고, 손가락으로 오른뺨을 만져 본다. 하얗고 가느다란 쇼코의 손가락 감촉을 되살리려 한다. 그리고 뜨겁고 촉촉한 울음소리와 입술도. 하늘에서는 케페우스와 카시오페이아가 선명하게 빛나고 있다.

"곤이 돌아오면 우리 다같이 피크닉노 가고 여행도 하고 그러자, 응."

어느 틈엔가 옆으로 다가온 쇼코가 말했다.

그 일이 생긴 것은 그로부터 이삼일 후, 9월이 끝나가는 일요일이었다. 눈을 뜨자 옆 침대가 휑하게 비어 있었다. 거실로 나가보니 테디베어가 조그만 카드를 들고 있었다. '해피 애니버서리'라고 쓰여 있다. 애니버서리? 나는 침실로 돌아가 달력을 보았다. 9월 30일. 우리가 맞선을 본 날이다.

이런 날은 잊지 않고 챙길 생각이었는데, 잊고 있었던 자신과 그렇게 만든 곤에게 약간 화가 났다. 쇼코를 찾으려고 온 집 안을 찾아다녔지만, 욕실에도 베란다에도 부엌에도 쇼코의 모습은 없었다. 그런데다 유카 엘레판티페스도 세잔도 없었다. 그뿐이 아니다. 거실이 왠지 썰렁하다.

전화벨이 울려, 수화기를 들자 쇼코가,

"잘 잤어?"

라고 말했다.

"날씨 참 좋다. 지금 아래층에 있어. 파티를 하려고 하는데. 202호야. 무츠키도 빨리 와. 응, 선물도 있으니까."

"무슨 억지야. 202호라니, 누구네 집이지?"

물론 쇼코는 대답하지 않는다. 일방적으로 자기 말만 쏟아낸다.

"제대로 정장하고 와야 돼. 그리고 오는 김에 샴페인 머들러도 좀 가져와 줘. 그리고 적당한 통조림이 있으면 그것도. 정어리나, 아스파라거스나 리버 페스토★나 뭐 그런 거."

나는 30분 동안 쇼코가 부탁한 것을 전부 종이봉투에 담고 준비를 한 다음 아래층으로 내려간다. 무슨 파티인지는 모르겠지만, 정장을 하고 오라는데 넥타이까지 매기는 어색해서 티셔츠 위에다 트위드 양복만 입었다.

벨을 누르자 곧 문이 열리고, 안에서 나타난 것은 곤이었다. 머리에 커다랗고 빨간 리본을 매달고 있다. 청바지에 네이비블루색 블레이저, 곤으로서는 최고의 정장이다.

"곤?!"

나는 나도 모르게 소리를 내지르고 말았다.

"선물이야."

옆에서 쇼코가 생글생글 웃고 있었다. 나는 빨간 리본의 의미를 간신히 이해했다.

해피 애니버서리, 하며 곤이 웃고, 그리고 쇼코에게는 들리지 않을 정도의 작은 목소리로,

"칫, 누가 정말 사라진댔어."

라고 말했다. 라디오에서는 옛 시절의 팝 뮤직이 흘러나

★ 소나 돼지의 간을 이용한 가공품

오고, 유카 엘레판티페스도 세잔도 벌써 테이블에 앉아 있다. 그럼 건배할까, 라고 쇼코가 말했다.

"뭐라고 설명을 해 줘야지. 사기야, 이건 완전한 사기라고."

나는 화를 내고 싶은데, 놀란 말투라 맥이 빠지고 만다.

"일주일 동안은 여행을 했지."

쇼코가 곤을 보고 친밀하게 말하자, 그 이상 여행할 돈도 없는 걸 뭐, 라고 곤이 말했다.

"아프리카니 중국이니, 무슨 재주로 가겠어."

한 일주일이면 정리가 되겠지 했는데, 전화를 걸었더니 쇼코 씨가 아직 아무것도 안 했다고 하길래 얼마나 놀랐는지.

"참 내, 얼마나 걱정을 했는데, 그렇지?"

쇼코는 나에게 동의를 구하듯 말하고, 나는 이제 와서 무슨 말을 하랴 싶은 기분이 들었다.

"그래서 지금까지, 둘 다 나를 속였단 말이야?"

"말하자면 그렇지 뭐."

쇼코도 곤도, 조금도 거리낌 없이 싱글거리며 고개를 끄덕인다.

"우리, 거짓말하는 것 정도 아무렇지도 않게 여기거든."

나는 그만 할 말을 잃었다. 대단해. 정말 대단해.

"쇼코 씨가 하나에서 열까지 다 처리해 주어서, 엊그제 여기 들어왔어. 빚도 좀 졌으니까, 아르바이트 더 열심히 해야지."

곤은 싱긋 웃고는 앞으로는 이웃사촌이야, 라고 말한다. 농담이겠지? 대체 어떤 생활을 하자는 거야. 테이블 한가운데에는 채소가 듬뿍 담긴 식기 바구니가 놓여 있다.

"여기 들어오기 전까지는 오기쿠보 역 앞에 있는 캡슐 호텔에서 지냈어. 견학하러 갔더니 너무 기발해서 놀랍더라니까."

쇼코는 내가 들고 온 종이봉투의 내용물을 점검하면서, 무츠키 그런 데서 잔 적 있어? 라고 물었다.

곤은 샴페인을 따고, 나는 머들러로 한 잔씩 휘젓는다.

"무사히 돌아온 곤과 우리 세 사람의 1주년을 위하여."

쇼코가 말하고,

"이제야 간신히 독립한 부부 두 사람을 위하여."

라고 곤이 말했다. 나는 잔을 들어 올리고 새삼 방 안을 돌아본다. 하얀 벽, 하얀 천장, 날개가 네 개 달린 커다란 장식 선풍기. 쇼코와 나의 방과 똑같다. 엷은 색 액체를 마시자, 라디오에서 정겨운 곡이 흘러나왔다. 빌리 조엘이다. 나는 왠지 울고 싶은 기분이었다. 불안정하고, 좌충우돌이고, 언제 다시 와장창 무너질지 모르는 생활, 서로의 애정만으로 성립되어 있는 생활.

그건 그렇고, 이게 무슨 곡이었더라. 아주 초기 앨범의 첫 곡, 멜로디만 들어도 눈물이 주르륵 흐를 듯한 곡.

"〈She's Got A Way〉지? 이 곡."

나의 기분을 들여다본 것처럼 곤이 말했다. 내일도 모레도 글피도, 우리는 이렇게 살아갈 것이다. 나는 샴페인을 한 잔 더 따라 마신다.

"오늘 선물은, 내년에 한꺼번에 줘도 좋아."

쇼코가 말하고, 눈앞에서 세상이 사뭇 즐겁다는 듯 미소 지었다.

옮긴이의 말 —

서늘한 바람이 불고, 그 바람에 물든 나뭇잎이 떨어지고, 떨어지는 나뭇잎이 왠지 허망해서 사랑하는 이의 따스한 어깨가 그리워지는 계절입니다.

이런 계절이면 유독 사랑하는 이들은 서로의 사랑을 확인하고 싶어 몸부림치고, 사랑하는 이가 없어 외로운 이들은 멀리를 가까이를 살피며 사랑을 찾느라 헤맵니다.

그렇게 찾고 싶고 확인하고 싶은 사랑, 그러나,

세상에는 많고 많은 사랑이 있고, 그 사랑은 온갖 감정의 뒤엉킴을 품고 있습니다.

때로는 따스하다 기댔던 그 어깨가 비수가 되어 가슴을 찌르기도 합니다.

때로는 푸근하다 안겼던 그 가슴이 인생의 독약으로 내 숨을 죽이게도 합니다.

반면,

때로는 서로의 허물을 핥아 주는 혓바닥 같은 것이며,

때로는 서로의 상처를 넉넉히 껴안는 천상의 치료제가 되기도 하지요.

그래서 사랑이란 우리에게 감정의 분화와 진화란 선물을 안겨 줍니다.

「반짝반짝 빛나는」도 그런 사랑 얘기들 중 하나입니다.

반짝반짝 빛나는 사랑 얘기지요.

우리들의 주인공 쇼코와 무츠키도 반짝반짝 빛나고, 그 곁에서 곤도 반짝반짝 빛나고, 얘기의 결말, 오붓하게 세 사람이 파티를 즐기는 장면도 반짝반짝 빛납니다.

왜일까요?

그것은 이 세 사람의 만남이 그리고 사랑이 비수와 독약이 되기에 충분함에도 서로의 허물을 핥아 주는 혓바닥이요 천상의 치료제를 구현하고 있기 때문입니다.

열흘 전에 결혼한 쇼코와 무츠키.

이 부부는 아내는 알코올 중독자이고 남편은 게이입니다. 남편에게는 물론 남자 애인이 있고요. 그러니 부부이면서도 일상적인 사랑의 감정과 표현을 교류하기에는 어긋남이 있지요.

이 어긋남은 당연히 사랑에 대한 고정관념과 사회적 인식을 대변하는 것입니다.

그래서 이 어긋남은 필연적으로 숱한 감정의 분화와 진화를 낳지요.

술잔이 깨지고, 꽃병이 날아가고, 화분이 넘어지고.

하지만 이 부부는 끝내 이 어긋남 위에 서서 당당하게 빛납니다.

사랑이란 말에, 감정에 덕지덕지 엉겨붙어 있는 때를 말끔하게 떨어 버리고 그 진수만을 고스란히 빨아들였기 때문이지요.

남편 애인의 머리를 빨간 리본으로 장식해 선물이라고 내미는 아내의 사랑 감각이 어떻게 반짝반짝 빛나지 않을 수 있겠는지요.

짙어가는 가을, 다시 또 가을

김난주

에쿠니 가오리 江國香織

청아한 문체와 세련된 감성 화법으로 사랑받는 작가인 에쿠니 가오리는 1989년 『409 래드클리프』로 페미나상을 수상했고, 동화부터 소설, 에세이까지 폭넓은 집필 활동을 해 나가면서 참신한 감각과 세련미를 겸비한 독자적인 작품 세계를 구축하고 있다. 『반짝반짝 빛나는』으로 무라사키시키부 문학상(1992), 『나의 작은 새』로 로보노이시 문학상(1999), 『울 준비는 되어 있다』로 나오키상(2003), 『잡동사니』로 시마세 연애문학상(2007), 『한낮인데 어두운 방』으로 중앙공론문예상(2010)을 받았다. 일본 문학 최고의 감성 작가로 불리는 그녀는 『냉정과 열정 사이 Rosso』, 『도쿄 타워』, 『언젠가 기억에서 사라진다 해도』, 『좌안 1·2』, 『달콤한 작은 거짓말』, 『소란한 보통날』, 『부드러운 양상추』, 『수박 향기』, 『하느님의 보트』, 『우는 어른』, 『울지 않는 아이』, 『등 뒤의 기억』, 『포옹 혹은 라이스에는 소금을』, 『즐겁게 살자, 고민하지 말고』, 『벌거숭이들』, 『저물 듯 저물지 않는』, 『개와 하모니카』, 『별사탕 내리는 밤』 등으로 한국의 많은 독자들을 사로잡고 있다.

옮긴이 **김난주**

경희대학교 국문학과를 졸업하고 같은 대학원을 수료했다. 1987년 쇼와 여자대학에서 일본 근대문학 석사 학위를 취득했고, 이후 오오쓰마 여자대학과 도쿄대학에서 일본 근대문학을 연구했다. 현재 일본 문학 전문 번역가로 활동 중이다. 옮긴 책으로 『냉정과 열정 사이 Rosso』, 『반짝반짝 빛나는』, 『낙하하는 저녁』, 『홀리 가든』, 『좌안 1·2』, 『제비꽃 설탕 절임』, 『소란한 보통날』, 『부드러운 양상추』, 『수박 향기』, 『하느님의 보트』, 『우는 어른』, 『울지 않는 아이』, 『등 뒤의 기억』, 『즐겁게 살자, 고민하지 말고』, 『저물 듯 저물지 않는』 등이 있다.

에쿠니 가오리 컬렉션

냉정과 열정 사이 Rosso
반짝반짝 빛나는
호텔 선인장
낙하하는 저녁
울 준비는 되어 있다
당신의 주말은 몇 개입니까
웨하스 의자
도쿄 타워
언젠가 기억에서 사라진다 해도
마미야 형제
홀리 가든
차가운 밤에
맨드라미의 빨강 버드나무의 초록
장미 비파 레몬
취하기에 부족하지 않은
좌안 1·2
제비꽃 설탕 절임
빨간 장화
달콤한 작은 거짓말
소란한 보통날
부드러운 양상추
나의 작은 새
수박 향기
하느님의 보트
잡동사니
한낮인데 어두운 방
우는 어른
울지 않는 아이
등 뒤의 기억
포옹 혹은 라이스에는 소금을
즐겁게 살자, 고민하지 말고
벌거숭이들
저물 듯 저물지 않는
개와 하모니카
별사탕 내리는 밤
한동안 머물다 밖으로 나가고 싶다
집 떠난 뒤 맑음 상·하
혼자서 종이우산을 쓰고 가다
여행 드롭
셔닐 손수건과 속살 노란 멜론